祭りの笛

橋本 康介

文芸社

癌末期　人形劇インドネシア公演を敢行。
そして逝ったK大学映画研究会T氏。
遠く宮城県山奥に独り暮し、
いま琵琶湖を望む丘に眠るK大学社会学部生O氏。
亡き二氏に捧げる。

目次

郵便はがき

恐縮ですが
切手を貼っ
てお出しく
ださい

1 6 0 - 0 0 2 2

東京都新宿区
新宿1－10－1

(株) 文芸社

ご愛読者カード係行

書　名				
お買上 書店名	都道 府県　　市区 郡　　書店			
ふりがな お名前			明治 大正 昭和　年生　歳	
ふりがな ご住所	□□□-□□□□			性別 男・女
お電話 番　号	（書籍ご注文の際に必要です）	ご職業		
お買い求めの動機 1. 書店店頭で見て　2. 小社の目録を見て　3. 人にすすめられて 4. 新聞広告、雑誌記事、書評を見て（新聞、雑誌名　）				
上の質問に1.と答えられた方の直接的な動機 1. タイトル　2. 著者　3. 目次　4. カバーデザイン　5. 帯　6. その他（　）				
ご購読新聞　新聞	ご購読雑誌			

文芸社の本をお買い求めいただき誠にありがとうございます。
この愛読者カードは今後の小社出版の企画およびイベント等の資料として役立たせていただきます。

本書についてのご意見、ご感想をお聞かせください。 ① 内容について
② カバー、タイトルについて
今後、とりあげてほしいテーマを掲げてください。
最近読んでおもしろかった本と、その理由をお聞かせください。
ご自分の研究成果やお考えを出版してみたいというお気持ちはありますか。 ある　　ない　　内容・テーマ（　　　　　　　　　　）
「ある」場合、小社から出版のご案内を希望されますか。 する　　しない

ご協力ありがとうございました。

〈ブックサービスのご案内〉

小社では、書籍の直接販売を料金着払いの宅急便サービスにて承っております。ご購入希望がございましたら下の欄に書名と冊数をお書きの上ご返送ください。（送料１回380円）

ご注文書名	冊数	ご注文書名	冊数
	冊		冊
	冊		冊

祭りの笛

プロローグ

駅からの広い道が終わり、細い坂道へ曲がった。ただでさえ少ない街灯。その一つが今にも消えそうに点滅している。

消えるならあっさり消えてしまえと思ってその下を通ったとき、谷口隆士はそれが四・五日前から点滅していたことを思い出した。

暖かかった昼間と違いやけに冷え込むきょうの夜道。前後を歩く者はいない。

予備校の生徒たちはそれぞれ、この正月も二日から登校して来るだろう。年の瀬の講師連中との忘年会も何度目のことだろう。毎年三十日に行なわれ、三十一日・一日の両日だけを休み、二日からは講義だ。受験が終わるまで区切りもつかず、忘年会は毎年盛り上がるわけでもない。

それに、すでに古株となった隆士には、若手の愚痴や手柄話を聞く場ではあっても、決して自らが酔い解放される場ではなかった。

例年のように二十九日に妻が妻の実家へ帰り、三十一日に隆士が行く。元日の午後には二人で戻って来る。いつもの形だ。

郵便物と新聞を手にエレベーターに乗り、廊下を音を立てず歩く。これもいつもの形だ。

ドアにキーを差し開けようとすると、中で電話が鳴っていた。留守録案内が作動してすぐ受話器にたどりつき、ひと呼吸おいてそれを取った。

「すみません、すみません。はい谷口です」

「あら、今帰って来たんだ……。何してんのよこんな時間まで」

「三十日は毎年忘年会や……」

「何度も電話したのよ。見た？　夕刊。菜苗がやっちゃったよ」

久仁子からの電話を終え、電話中に見出しだけを見ていた夕刊を、ゆっくり読んだ。

—S市長選立候補予定者岩田清明氏事務所で　秘書　刺される—

記事には、事件が今日一九九七年一二月三十日午前一一時二〇分ごろ起きたこと、容疑者はかけつけた警察に現行犯逮捕されたこと、支持者らしき中年女性であること、怨恨の線もあるが秘書は身に覚えがないと言っていること、幸い秘書は軽傷であること、当時候補者も事務所に居たがはずみの事故だと言っていること、などが手際よくまとめられていた。

隆士は窓際に立ち、京都方面が見えるその窓から冬の夜景を見た。この時刻、年の瀬と言えども街の灯りは少ない。

つい数日前電話で「市長候補に会いに行く」と告げてきたときの菜苗の声が甦る。

隆士は冷蔵庫から缶ビールを出し、きょうの酒不足を補うように一気に呑んだ。

一、風

突然、非常ベルのような音が響き渡った。そんなはずはないと思い直し、目覚まし時計に手をやった。一瞬ここがどこかわからない昏睡気分のなか、梶村菜苗は受話器を取っていた。そうだ、きょうは研一が早く帰るというので、はりきって彼の好物の春巻と豆腐サラダを作りビールを冷し、ついでにグラスも冷して待っていたのだ。

いつ眠ったんだろう、窓の外はまだ明るいぞ、夕方か。そうすると眠っていたのは二・三〇分だな。今は夏の終わり。ここは北大阪S丘陵。きょうは八月三〇日最後の土曜日だ。あの非常ベルの音、気になるな……。研一はまだか。春巻は作ったんだっけ。

「はーい、もしもし……」

目を覚ますための情報が鈍く飛び交う空間、うつろな気分。菜苗は重くゆっくり返事していた。

「菜苗？　久しぶり。久仁子だよ」

「えっ、ああ久仁子か、今何時？」

「何言ってんのよ、寝てたの？　その声。それとも愛しのケンちゃんと、明るいうちからいいことしてたの？」

菜苗が大阪に戻って以降久仁子が電話を寄こす時は決まって気が重くなる頼みごとか、彼女にとっての一大事なのだ。

久仁子とは同じ高校から同じ大学に進んだ仲だ。久仁子の薦めで映研―映画研究会に籍を置いていた一時期、毎日のようにおしゃべりをした。菜苗が二年で大学を去ったあとも彼女は映研にいてそれなりに活躍し、四年の時製作した映画が全日本何やらコンクールで入賞したと、故郷の市立図書館に勤務していた菜苗の許に葉書を寄越したことがあった。実際菜苗が大学を去って数年、連絡をくれたのは久仁子だけだったと思う。

菜苗が再び大阪に来て設計事務所に勤め、雑用からスタート、図面のトレースからすこしずつ仕事を獲得してゆき、何かと優しくしてくれた職場の先輩だった夫と結婚した七五年も、理を出産し退職した七七年も、そして離婚した七九年も、菜苗からは連絡していない。

菜苗は離婚から一年後のその年の春、元の会社に復帰した。その前年夫は三人の戦力を引き連れて退社していた―その三人の中に現在の彼の妻もいたのだが―。社長は息子理が小学校に上がるまでは夕方四時までの変則勤務にしてという菜苗の条件を、思惑通りあっさり呑んだ。それは社長の元夫憎しの情からだったに違いない。

若い人に混じってそれこそ悪戦苦闘。年齢と再就職の悲しさ、以前の仕事は思うようにはこなせず、やがて社長に自分でも意外な才能を発見され、住宅の外観・内観のカラーパースを描くようになった。菜苗が描く絵は素人っぽくて暖かい、これから住もうという家の生活臭やご近所さんの雰囲気が伝わって来る。キチッとまとまった他の絵と違って顧客の主婦層に歓迎されている。社長はそう言った。映研に短期間居たとき、確かに練習で絵コンテをいくつか描きはした。それが役立ったのだろうか……人の評価は分からない。

ようやく仕事と社の狙いをつかみ、時には自宅に持ち帰り「独りで生きなきゃ」と力んでいた八〇年一〇月のことだ。久仁子が元気な声で電話を寄越して来た。気が重くなる頼みごとだ。「夫が浮気ならぬ本気で大変、家出するのでそこに居ることにしといて」他には頼めず離婚歴のある私には言い易いのだろうと、菜苗はしぶしぶ引き受けた。

それから三日目のことだ。三歳の理を保育所へ迎えに行き、雨の中の自転車、後に理・前に買い物の山、ずぶ濡れになってたどり着いたアパートの玄関前、久仁子の夫がしゃがみこんでいた。その時会ったきりだが、不精髭の痩せた男、憶えてる。

中学校教師同士の夫婦、子供はいない。久仁子は国語、夫は社会。久仁子が「本気してる」と名指ししている相手の女性も教師だという。

夫は教職員組合の支部の役員。青年部時代孤立する支部で奮闘する彼と出会い、その考えや行動スタイルにピンと来て一緒になったんだと以前肯定的に言っていた。

そこに居ることにしといてと言って来た時には、愛憎劇のただ中の激情に任せた発言ではあったろうが、久仁子は「あんなやつ全共闘じゃない」と怒っていた。

本部にいちいちお伺いを立ててからしかテメエの意見を言えない。そりゃ組合の運営がその場の感情や雰囲気、単純な正邪観で決すべきものでないことくらいあたしだって知っているさ。けど若い連中の心に響くことのひとつやふたつ言えよ。ある日気付いたんだ、言えないんだよあいつは。

あとから本部から詰問されるかもとか、後日撤回することになりかえって信頼を失いはしないか……、そんなことばかり考えている。お伺いを立ててからにならざるを得ない難しさは判るよ、そうじゃなくてせめてお伺いの前にテメエの主張はしっかり持っておくこと、それがないのよあいつには。

そしたら見えたんだ。あいつが若い連中にもっともらしく語ったり、道案内してる取組みはそれはそれで大切で必要なことだけど、いまあんたの決断あんたの意見を聞きたいんだという場面では巧みに逃げてるのよ。

思わない？　そいう左翼、そういう元全共闘いっぱいいるよね。何かへの申し訳でしょそれ、やだな……。左翼かどうかより肉声かどうかよね、まず。

そう思うとあいつの全部がインチキに見えて来ちゃってね。いま走ってる女も、その道案内で出会った若い教師だし。

ちょっと夫氏が気の毒にも思えた。誰だって久仁子の言うような在り方を持続したい。人というやっかいなものの集まりの中で、夫氏も苦労してるに違いない。ただ、久仁子が語気を荒げて言ったことの全てが、今回の騒動への苛立ちによるはずみの発言だとは思えなかった。

夫氏は最初、理をあやしたりしながら、久仁子は来てますかとさらりと言い平静を装っていたが、やがて居ないとわかると久仁子を出せどこに隠したテメェも同罪だと大騒ぎ。

玄関前ではたまらず中に入れ、聞くと、久仁子は職場の誰々とできているんだと泣きだし、自分はもうダメだ、久仁子が必要だ、やり直したい、あの女とは必ず切れるからと言った。

いま風に言うと「ダブル不倫」。久仁子はあっちが先よと言ったが、後か先か、そんなことは菜苗にはどっちでもよかった。

この出来事と、理を乗せた雨の中の自転車・ずぶ濡れの衣服と荷物・その中で湿ってしまった仕掛りの仕事、菜苗の中でそれらはワンセットの記憶だ。

久仁子たちは離婚したが、彼女の新しい相手は事態の急展開におののいたのか、その後すぐ自分の家庭に戻った。久仁子からは事後のまとまった報告は無かったし、以来元の夫の話は一切聞いたことはない。菜苗とて自分の元夫について話すことなどなにもない。お互い元夫の存在が、何かの形で現在にからむことなど最早一切ないのだ。

忘れた頃に連絡してくる久仁子だが、最近では今年の三月末「彼女にとっての一大事」だ。

理が京都のA大学に合格してひと月。学生アパートへの引っ越しを研一のオンボロ軽トラックで完了し、遠慮し気を使っている理を「大学が始まるまで家に居てよ」と無理やり連れて戻り、焼き肉とビールで盛り上がり、研一と理がラグビーの話に熱中していた時だ。

久仁子が一杯機嫌でフラフラやって来た。「理ちゃんおめでとう。よく入ったわね。さすがお母さんの子だ。大学行ってもラグビーすんのかい?」と言いながら、首を横に振っている理を見もせず、ドカドカ上がり込み、焼き肉の輪に加わり、重大発表をした。

菜苗もよく知る大山教授にプロポーズされたという。大山教授といえば、昔学生たちの公判に情状証人として出廷し発言した人だ。

当時金の無い学生に自宅で食事させてやったり、処分が出れば大学当局と掛け合ったりと、根っからの学生好きだと聞いていた。奥さんができた人で、学生たちをその所属団体や年齢風貌によって区別することなく扱い、対立している者同士が教授宅で鉢合わせして何か論争が始まっても、奥さんが「ダメ! ここではダメ!」と一喝すると皆おとなしくなったという。

菜苗にとってこれらは全て谷口隆士からの情報だ。隆士は「あんな温厚な人はいない。学生の硬直した理屈ではなく、一見無私に見えるある種の潔さが可愛いのやろ。ひと皮むけば大人顔負けの生臭さと計算高さに溢れてるのにな」そう言っていた。

その谷口隆士の公判にも大山教授が出廷したと、故郷の図書館時代、帰郷していた久仁子から聞かされた。

確か一昨年、奥さんを亡くされたと聞いた。

久仁子の声を聞くのはあのプロポーズ報告以来だ。

カーテン越しに西陽が差している。研一を待っている間に眠ったんだ。ビールもグラスも冷したぞ。もう研一が帰ってくるだろう。

菜苗は受話器を肩と耳の間に挟んでクーラーのリモコンを切り、カーテンとガラス戸を開けた。

「どうしたの？　又あなたの一大事？」

「わたしじゃないわよ。菜苗、大変よ。公平、田所公平が入院してるの。知ってる？」

知らない、知らないさ。

ロケ地を探し野山を巡った。主人公役の少年を求めて二人で近くの小学校を訪ねた。そして闘争記録フィルムを試写した学生寮……あの田所公平。

あの夏の終り、バリケードの喘ぎを外に居る者さえが感じ始めた頃だった。

朝私の部屋にフラリとやって来て私と谷口隆士を部屋に残し、土手添いの安アパートの二階、雨が降り、やがて上がっても、その後一週間は湿っているセメント塗りの外部廊下を通り、踏板が何枚か折れかけ歩くとギーギーと音のする朝日の差す階段を、口笛を吹きながら降りて行った田所公平。数日のち、公平が映画関係団体への参加のため東京へ行ったと知った。取り組んでいた闘争記録はどうしたのだろう。

アパートの階段を降り土手を昇るとそこは又二階の高さになる。窓から、目の前の土手を行くその背中に、声を掛けることも出来ず見送ったのだ。朝日の中なぜか風が吹いて、その向こうの向日葵がこっちを見て揺れた。

何を言っても弁明になり、それは嫌っていたスタイル―女子学生の恋騒動、下世話な三角関係

―に自分が転落することになる、とイキがっていた。何か言えば、公平を傷つける、そして隆士を傷つける、そう自惚れていた。

何もありゃしない。公平が何を思ったか想像はついたが、黙ることが二人への仁儀だと開き直っていたのだ。自分を受入れ評価してくれていると思わせてくれる二人の男。その二人との甘美な時間をもて遊び、それを失いたくないという身勝手が、やがてこういう場面を迎えると思わなかったわけではない。

二人は私に関わりなく自分の道を進めばいい、私だって自分の道を行くさ、そう思ってる振りをしていた。


「知らない知らないよ。だって、公平とはずっと会ってないもん」

「わかってるよ、あれからずっと会ってないのは。そうじゃなくて、どこかから聞いてない？　映研の連中とか、隆士とか」

「聞いてない、聞いてない。隆士にも会ってないよ」

「あれ！　隆士に会ったって言ってたよね。えーっと確か理君の予備校で」

「会ったんじゃなくて、見かけたの！　それも案内パンフで。三月にあなたがウチに来たとき言ってたでしょ！　プロポーズ事件で舞い上がってたんだから、もう！」

理が浪人生だった昨年、理が通う予備校の授業案内のパンフに谷口隆士が顔写真付で出ていた。理にどんな先生？　と聞いた。世界史の講師で、自分はその科目を受けていないが、友人が内容はまあまあだがやたら暗いと言っているとのことだった。

三月末に久仁子が来たとき言わなかったが、実は進路指導担当だという隆士の講演の日、菜苗はこっそり予備校に出かけて行ったことがある。広い階段教室でマイクを持ち、―どこの大学へ行ってもいいいんですよ。就職偏差値だけが全てじゃないいんだから。お母さん、学歴が問題じゃなく学習歴が問題なんです―そんなことをボソボソとしかし親たちを見据えて喋っていた。その日菜苗は中座し帰ったのだ。

「そうかそうか、ま、いいや。だけどほんとに隆士から電話なかった？　変だな」

「どうして？」

「きのう隆士にも知らせたから、連絡あったかなと思って……」

「ない、ない」

「そう……。明日病院に行くけど、いっしょに行く？　日曜だし」

「あさってにしようよ。明日は仕事入ってる。ほら、うちのお客さん日曜契約が多いのよ」

「そうか……けどあたしは月曜から学校だよ、始業式！あたしゃまだ現役の教師だぞ。じゃあ別々に行くか」

久仁子は早口に公平の病状を伝え、彼が菜苗にあのフィルム、闘争記録のフィルム探しを依頼していると言った。久仁子はそれを「幻のフィルム」と言った。

あの夏の終わり、菜苗は窓から公平の背中を黙って見送り、わずか一週間後に隆士も失ったのだ。

隆士が数日後またやって来た時、自分はきっと期待していた、と菜苗は今思う。だが隆士と結ばれることはなかった。

それは、隆士の、直面していたＡＺ作戦と呼ばれていた闘争への不安やある思い上がった優しさに基づく配慮なのか……そこに公平のあの後姿は関係してはいなかったのか。菜苗はいまも判らない。

「失った」と感じたのはそのことではない。隆士にとってただ予定の行動だったのだろうあの事件―ＡＺ作戦への出発を、本人からではなくさらに数日後人から聞き知ったからだ。

その後お互い連絡の術もなかったが、もし連絡する方法があったとしても、決して自分からはしなかっただろうと菜苗は今思う。

チャイムが鳴ってしまって門の前で立ちすくむ遅刻した小学生。そんな気分のまま秋を送り、隆士のＡＺ作戦途上での逮捕を知り、時刻表通りに動く電車のように正月には故郷に帰り、一九七〇年一月菜苗は土手添いの部屋に戻っていた。

やけに広く感じる四畳半。小さな電気コタツに爪先だけを入れ、膝を抱えた格好で座り、ときどき前後に躰をゆすり、二日間なにも食べず過ごした。その夜菜苗は小・中・高を通した自分の記憶の中にはないことを経験した。声を上げて泣いたのだ。

これが嗚咽だな、本当に人は嗚咽するんだ。泣いている自分をそうやって外から観察する真似をし、喉もとの込み上げと鼻汁が収まるのを待った。

夜中の三時半。僅かに残っていた米を全部磨ぎそして炊き、おにぎりを作り、棚にある違う種類のインスタント・ラーメンを二袋とも取りだし作った。これで棚の食料の段は空。

ああ片付けている。私は片付けている。

二年間何をしていたんだ。いま何してんだ。

自分の頭をコツンとたたいて、学生辞めて帰ろ、と声を出して言い、おにぎりとラーメンを食べ、翌日昼過ぎまで寝た。

午後荷作りをした。それからアパートの裏庭に出て、大学で手にしたビラやパンフ、映研のシナリオ、講義ノートあらゆるゴミをドラムカンに放り込んだ。

映研で唯一関わった作品のシナリオとその「原作」も、迷う自分を見届ける間もなく放り込んでいた。メラメラ燃える炎を見て、無意識に放り込んでしまったわが手を恨んだかもしれない。その気持ちを恥じるようにあわてて水をかけた。

水をかけると、ジュンと音がした。

東京に居るはずの二人の男、一人は多分映画に関わっており一人は拘置所に居る。その二人の男への宛名もない手紙だけは迷ったあげく残してしまった。本当に出すつもりだったんだろうか……。

その次の日の朝、荷を日通に取りに来てもらい、大家さんにお詫びし二ヶ月分の家賃を払い、昼の汽車に乗った。

菜苗の学生時代と「三人の奇妙な関係」はこうして終った。

終ったはずだった……久仁子から、公平の入院と病状を、そして「幻のフィルム」のことを聞かされさえしなければ……。

「幻のフィルム」の為に奔走することとなり、そのことによって公平と隆士、映研の連中や当時のいわゆる活動家達と出会い、さらには新聞ざたの「事件」を起こすこととなってゆく。その予感は、この時菜苗には全くなかった。

だが、地方から出てきて右往左往している女子学生、自らの手と皮膚で触れたと思えるものを何も持てなかった空虚、「私は」という主語によって語ることが出来なかった悔い、それらには出会わなければならない。そうは思っていたはずだ。


研一が帰ってきた。

「ごめんごめん。車が混んじゃって」

右手に下げたビニール袋は、今朝早くから出かけた、三重県の友人の畑の収穫土産だろうか？中で何かがゴツゴツしている。

夏の終わり、開かれた窓から、最後の西陽が日焼けした研一の黒い肌を一直線に差している。

研一は眩しそうにし、左手を額に当てた。

菜苗は久仁子の情報を反芻していた。

胸部のカビとはどういうことなのか？　頑固な胃潰瘍って？

肺なの胃なの？　ひょっとしたら……。

公平はなぜ私にあのフィルムの行方を探すよう求めたのだろう。他に適任者がいるだろうに……。

研一の長い髪がそよいだ。風だ、窓を開けていてよかった！……。

菜苗は一瞬窓を振り返り、再び研一に目を向けそして微笑んだ。

この丘陵に秋が来る。そう思った。


ビニール袋の中身は、案の定茄子や胡瓜それに大葉といった夏野菜だった。

三重県で農業を営む友は、かつてA建設で研一と同僚だった男だ。ごく短期間在籍して退社した研一にとって、彼は唯一の会社仲間だという。今年初め彼は永年の考えを実行し、三重で田と畑を借り一人で農業を始めた。

研一はほぼ隔週土曜か日曜に訪ねて行き、倉庫の棚造りなど得意分野の手伝いをしていた。きょうは初めての収穫を持ち帰ったというわけだった。

ビニール袋を下げた研一が、どこか手柄顔だったのも頷ける。


何年か前菜苗の勤務先が、本業の設計の傍ら各新居に納入する手作り家具を手がけることとなり、メーカー家具の組立て屋の親父との共同出資で小さな工房を持った。専門の職人を一人置いたが、当初仕事は数えるほどしかなく、受注に応じて組立て屋の職人さんが掛け持ちで手伝っていた。ところが、二年ほど経った頃から、設計段階でこの工房のことをアピールすることもあって、仕事は増えだし、若手を一人採用しようということになった。応募して来たのが研一だ。九四年夏のことだ。

図面だけでは伝わらない家具のイメージを説明する為、菜苗はよく工房へ行き機械の騒音と木屑の中、研一と大声を出し合って打ち合わせた。

能登の父親の工場で基礎をやってきただけあって、研一は上達し、今では最初からいる頑固ものの職人からも評価されているようだ。

高校時代ラグビーをしていた。父の願いを叶えようという幼い律儀さから、O大工学部を卒業し大手建築会社に入った。だが、わずか二年で辞めてしまった。故郷の能登へ帰り、家業の家具工場を手伝った。両親や親戚が次々見合いの話を持ってきたが、その気になれず仕事と卒業校のラグビーのコーチに明け暮れた。五年後二十八歳の夏、近くの街のスナックで働いていた大阪から来たという十九歳の女性と知り合い、両親の反対を押し切って結婚した。彼女は夜の仕事を辞めたが、近くに適当なパート先もない。結局父の工場の雑用や事務の手伝いをしたが、家も仕事も親がらみ、両親とうまく行くわけもない。しかも、近所は大阪から来た水商売の女と噂する。自称インテリの両親はずい分努力し、多分それぞれ自分の中では、他人の目と格闘していたと思う。が、ちょっとした会話や態度が彼女にはひとつひとつグサリときた。

この街は息が詰まる、大阪へ戻りたいと泣いた。彼女には本当に悪いことをしたと思う。

結婚して一年後、二人で大阪へ出た。あてもなく出てきたので持金は住居の敷金や当面の生活費に消えた。いま農業をするA建設時代の友にも随分世話になった。当時第一線で動いていた彼は時間を作り相談に乗ってくれたり、いくつかの会社を紹介してくれたりした。だが大阪での生活のリズムに体と心がなじめず、せっかくの話も自分から断り、どうしていいか分からず落ち込んでいた。ようやく、能登での技術を活かそうと家具工場を探している時、先に彼女が夜の仕事に復帰した。どう言ったらいいのか、先を越されて元の落ち込みに戻ってしまったか、本当に何も出来なくなっていた。

半年後、彼女は突然出て行った。

彼女の名は秀美、子供はいない。

これが、菜苗が出会いから一年後には知っていた研一の約八年だ。

研一、現在三十三歳。

理のラグビーの高校最後のシーズンには、研一が試合を見に来ても理はそれを自然に受け入れるようになっていた。

きょうの収穫の胡瓜を切り春巻を揚げ豆腐サラダを出し、菜苗が作ったものをうまそうに食べるいつもの研一の表情を期待した。

ビールと食べ物を交互に口に運び、その口から食べ物をこぼしそうになりながら、研一が言った。

「そうそう、今朝慌てて出かけたから忘れてたけど、昨夜あんたの留守中に電話があったよ」

谷口隆士が電話を寄越したんだ。久仁子が言った通り電話してきてたんだ。予備校の階段教室でマイクを持って喋る隆士の横顔が浮かんだ。

「えーっと、何といったか……名前が思い出せないな。とにかく、誰かが入院した、見舞に行って欲しいんだってさ。たしか予備校の……」

「谷口隆士」

「そうそうそれ。予備校の教師？　誰それ？」

「昔の友達。入院してるのは田所公平。二人とも研ちゃんの大嫌いな団塊のオジサン」

と言って菜苗は口ごもった。

研一の何かに触れたろうかと気になったが、三重で農業をする友の家で、半日で本棚を作ったと語る彼の多少作られた明るさに救われていた。

秀美が夜の仕事に復帰した頃、研一は現場仕事に短期間行っては辞め、しばらくブラブラしてはまた別の仕事をする、という生活だった。研一は秀美が勤める店へも出没し、カウンターの隅で呑んでいた。いつも来る客に団塊のオヤジ—それも全共闘の—がいて、いつも下らぬ武勇伝を話していた。たかが、学生のチャンバラじゃないか、知ってるぞオレだって、あいつらはだだっ子のように暴れて、何もかも途中で放っぽり出して、結局何も作り出せやしなかったんだ。やがて秀美は早く出かけるようになった。それは同伴出勤というやつで、店側の売上確保の思惑と、小金を持つ中年男の擬似恋愛と、小金をせびりとる女店員の利害とを調整する駆け引きなのだ。男が金を使うのは、当然見返りを求めてのことだ。どうやらその相手がこの団塊オヤジらしい。早い時間に店に行き、秀美とそのオヤジの同伴出勤に何度か出会した。水商売女の夫としては失格だオレは……。

秀美が出ていった後、店に行ってみたが彼女は退職、そのオヤジも来なくなっていた。秀美を探す気はしなかった。

そんな研一の話を、以前何度か聞いていた。

「何だ、入院の件も知ってたのか？」

「久仁子よ、あなたも知ってるあのにぎやかな人。彼女がさっき電話くれたの」

「ああ、知ってる知ってる。教授と結婚するって人だろ」

「明日は仕事で無理だけど月曜日病院へ行ってみるわ」

菜苗はその夜自分一人だけが観客のリングの上で、武勇伝を話していたという団塊のオヤジと研一が格闘をする夢を見た。

抗ガン剤で痩せ細りベッドに横たわる公平が、ベッドから抜け出し崖を登ってゆく夢も見た。だがどういうわけかその顔は、昔公平が作りかけて中止してしまった「崖」という映画、その主人公を演じた少年の顔だった。

うなされた浅い眠りは始発電車に覚まされた。

近くを通る私鉄の支線。蛇行するレールから、軋む車輪の金属音が聞こえて来る。

二、崖

①

一九六八年六月。

狭い部室。蛍光灯の半分は切れている。昼間でも薄暗いその部室。大学内ではそこが、菜苗と久仁子が入学以来いちばん多くの時間いた場所だった。タバコの煙が立ちこめてもそれが「大人」の香りの一部に違いないという心地良さが二人を包んでいた。

五月に今年度の撮影がアップし、今はほとんどの部員が秋の学園祭に向けてその編集作業に取り組んでいる。一方次年度の作品のシナリオ決定に向けた「選考」も始まっている。

菜苗たちは烏口や筆でタイトル文字を書いている端の机に行き「何か手伝いましょうか?」と声をかけた。結局ドライヤーで文字を乾かす、それも近くから熱を与えてはダメで適度な距離を保って熱風を送るのだが、その作業にありついた。

すでに提出さていたシナリオを読んでいた長老格の芦田が言った。

「これ誰のや? なかなかええやないか。この『崖』っちゅうやつ」

本来なら卒業しているはずの芦田は、六年目の大学生活を送っているのだと聞かされていた。ボサボサ頭の髭面、近寄れば悪臭が匂ってきそうなその芦田は、シナリオを書くことも、絵コンテを描くことも、撮影の実際をまとめることも一度もしなかったという。

だが、誰もが一目置いていたのには理由があった。その「映画評論」の切れ味だという。

来月の合宿での「六九年度作品選考会」に向けて、芦田はその選考委員長だった。

どこから拾ってもいい、必ず他人の短編をシナリオ化する。それが決めごとだった。オリジナルよりもその方がやがて「力」になる、今京都のT映画で監督をしているという大先輩が、かつてそういうルールを作ったらしい。

タイトル文字を書いては失敗し、失敗しては書き直しゴミ箱を満杯にして作業していた目の前の男が言った。

「ええんですか？　事前に作者の名を聞いてしもうて」

無記名というのがこれまたルールだった。

「ええねんええねん。何もこれを推すとは決めてないんやし。合宿前に作者が判ってるんは毎年のことやないか」

「そうですね。そんなら言いましょか。……僕です」

田所公平だった。学年はひとつ上。何度か部室で見かけ会話はしていた。多くの部員の中の一人だった。

その日特別の光がこの田所公平に注いでいたのかもしれない。菜苗には部屋の湿り気がスッと引いていくように思えた。

「おお公平か。誰の短編やねん？　この話、知らんで。聞いたことないで」

「無名の新人です」

「誰や？　新人って……。何か他にも書いてたかな？」

「いいえ、全くの新人です。多分誰も知らんでしょう」

「おいおい原作も僕ですというのは反則やで。一応他人のものとなってんねんからな……」

「他人のものですよ」

「誰やその他人は？　名前は？」

公平はすこし間を置き芦田の方を振り向いて言った。

「名前は谷口隆士。二〇歳」

「谷口隆士？　誰やそれ……聞いたことないな」

公平は机に向き直り黙って鞄から薄い冊子を出し、手渡すようにフワリと投げた。

「それの、九十五ページです。そこに出てます」

受け取った芦田が言う。

「何やこれ！　中学生の学校文集やないか」

M市立第五中学「若草」という名の文集だった。創作のページというのがあって、確かに谷口隆士の「短編」がそこに出ていた。

「大作家先生のご幼少の頃の作品でもあるまいに……。まあルール違反ではないよな。確かに他人の作品や」

　芦田はそう言って文字通り短いその「短編」を二・三分で読み終えた。

「ほー、この短編をよく膨らませたもんや。作者、と言っても中学生やけど、その作者の意図とお前のシナリオはかなり違うな」

「でもないんですよ。作者と話し合いましたから。本人はやめてくれシナリオになんかするなと言ってましたが」

「何や知り合いか？　K大の人間かそいつ」

「まあ……そうです」

　そばでやり取りを聞きながらクレジットタイトルの原稿を書いていた三年生が言った。

「谷口隆士というのは文学部自治会の活動家ですよ。二年かな三年かな……とにかく大きい顔して歩いてますよ。映画が好きや言うて時々出没してましたよ。ほら春に六甲山の奥でラストシーンを撮影した時、あの時も見に来てました」

「ああ、あいつか。あれが谷口隆士か。うーん自治会な……連中にウロウロ出入りされたら困りまっせ」

　芦田が語り終えると同時に院生か助手のような雰囲気のかなり年長の男が入って来た。何故か芦田を含め皆が口をつぐんだ。学内の問題などに関する映研のスタイルに異議があり、いつも不機嫌だと皆がコソコソ言っていた。

　数々の職業を点々とし、九州の都会の場末で半年、映写技師をしていたこともあると聞いた。皆が皮肉を込めて「博士」と呼んでいた。映画博士ということなのだろうか。

その日は久しぶりの登場で、東京方面の「現地闘争」から戻って来たばかりとのことだった。菜苗と久仁子が入部するきっかけを作った男だ。


入学式が終わって正門への坂道を久仁子と歩いていた。

舗道の両側に政治スローガンなどを大きく独特の字体で書いたカンバンが並び、左翼学生の団体が何やら難しいことを喋り続けていた。世界を相手に闘っているようなその悲壮感がその時は立派だと思えた。

各クラブが新入生を勧誘している。メガホンを持ち出したり、おどけた仮装をしたり様々に工夫を凝らしていた。

キャンパスの広さ、大人に見える男たち、学舎の数とその大きさ、そしてその勧誘活動の派手さと左翼学生の真剣さ……。大学が持っているであろう「自由」を何の疑いもなく信じていた訳ではない。その雰囲気に飲み込まれまいと緊張していたのを憶えている。

正門の近くまで来ると、映研の案内テントがあって、増本が久仁子に声をかけた。高校時代本当によくモテた久仁子が、大学でもおそらくすぐ男に「目をつけられる」と考えていた菜苗は「やっぱり」と思ったものだ。

増本は菜苗と久仁子に交互に映研の魅力を語ったが、どんなことを語ったのか思い出せない。久仁子とは合格した時から入学したら映画研究会に入ろうと話し合っていた。久仁子が愛敬よく小声で「あした部室へ二人で行きますから……」と言うと、増本はテント内に声をかけ出て来た男に何やら耳打ちしていた。それがひょっとしたら公平だったかもしれない。入部届の用紙を手渡され、見ると紹介者という欄があり、そこに「文学部増本清明」とすでに記入されていた。今不機嫌な表情で入って来たのはその増本だ。

七月の合宿で起きる「論争」も、そこで増本が仲間と共に映研を去ることになることもその時は予想できなかった。

菜苗は芦田にシナリオを見せて欲しいと頼んだが、「合宿当日まであかん。選考委員長だけが見れるんや」と断られた。机に向かっている公平に断りを入れ、原作が載っているというその文集の方を芦田から受け取った。

谷口隆士という名からは何も連想出来なかった。時々見かける彼ら自治会活動家をその固有名詞で認識することはなかった。部室に出入りしたり撮影にまで顔を出す……そんな自治会活動家を連想出来なかった。

「原作」を久仁子と回し読みした。

幼少期の冒険譚なのか、受験期の中学生の気分を綴ったものか……いずれであれ何か迫って来るものがあった。

小学校の裏山に学校から登ることを禁じられている危険な崖がある。「僕」をいつも抑えつけているガキ大将が、その崖登りに成功し「お前に登れるか？」と皆の前で「僕」に迫る。「僕」はふだんから自分には登れまいと考えていたのに、行きがかり上登ってみせると答える。翌日の崖登りまでのショートストーリーだ。崖の前ではやし立てられ登って行く「僕」の心理を描いたものだった。恐怖で進退極まったとき、学校の知るところとなり教師に叱られ、崖登りは中止となる。「僕」は救われるのだがその顚末を整理出来ない。いじめられっ子の意を決した挑戦のように書かれているが、成績もよく運動も優れているガキ大将の初めての敗北……そんな気がした。あるいはガキ大将で過ごして来た少年が、じっとがまんしている者の気持ちに初めて気付く……そんなふうに読んだ。

合宿でこの「短編」をシナリオ化したものを見てみたい。芦田が「よく膨らませたものだ」と言い、公平が「話し合って作者の意図を表現した」というそのシナリオ……。

だが何故か「この原作者に会ってみたい」その方が強かった。

七月合宿の初日、秋の学園祭に出す完成前の六八年度作品の試写が行われ、あとは呑み会となった。

二日目は朝一〇時から一時間、「選考委員長」芦田が眠たくなる選考理由を長々としゃべり続け、例年通り二作品を「委員会」として推薦し、全員にその写しが配られた。

午後二時まで皆がその候補作の二つのシナリオを読むことになってはいたが、何のことはない新入部員以外はすでに早くに目を通していた。読んでいたのは新入部員だけだった。

昭和初期。成績優秀で伸び伸びと育って来たガキ大将が味わう少年期の初めての手痛い敗北。その好敵手との中等学校時代のボート部での日々。戦争。学徒出陣。公平のシナリオは戦争で親友を失った主人公が独り帰還し、幼かった日の「崖」登りの現場に立ち、その「崖」登りを回想するという脚色がなされたものだった。原作者の意図とどこか違うと感じた。シナリオがいじめれっ子の決起ではなく、ガキ大将の挫折とされている点は菜苗の理解と同じだった。

応募作品は何とわずか四点。二時から投票があり、公平の「崖」が三分の二の得票で六九年度作品に決まった。

公平が抱負のようなことを語り皆が拍手した。

作る作品について取敢えずシナリオだけは決まったのだ。

秋にそれぞれの希望を容れながら班を編成し、学園祭後に準備に入ることが確認された。

合宿という名の親睦会もあと一時間で終わる。ぐったり疲れウトウトしかけた時だった。長老の芦田が皆に「大学学生課から話が来た大学PRのスライド製作をせんか、ちょっとした収入になるし」と話しかけたのがきっかけだった。

そんなK大の宣伝より、先月の自治会の学内デモでまた怪我人が出たこと、学生会の目に余る「横暴」に映研として何か出来ないものだろうか、と誰かが口火を切った。

その言い分はこうだった。ここの学生会は伝統的に、右系と言われてきた大学当局と深く結び付いており、当局の学生に対するあらゆる要望や政策を、学生に徹底する為の下請け機関だ。各自治会は七学部合わせてやっとクラブ・サークルと同列の一構成団体であり、まともに扱われていない。明らかに左派封じの支配機構だ。

実際この大学では、学生会はいわゆる民族派・右翼の牙城であった。映画や表現の社会的使命が語られ、誰かが「この暗雲たちこめる学内状況に、何ら役割を果たせないような映画作りに、一体何の意味があるのだ」と言った。何人かが、よく似たことを言い、それこそ明日から映研が学内の闘いの最前列に立って活動するんだという流れになっていた。闘いの最前列に立った映画作り？　菜苗はそれが具体的には一体どうすることなのか見当もつかず、ぼんやり周りの先輩たちを見ていた。

公平が立ち発言した。

「僕の名前は公平。だから政治にも映画にも公平なんです」と言って笑い、それからつよい口調で続けた。「表現は表現や。表現は何かを支配する為の道具じゃない。逆に誰かが表現を牛耳ることを決して許してもいかん。もし、僕たちの表現活動が無効であっても僕は一向にかまわん。それがガマンできん奴、そ奴らはこの映研から去り、どっかの党派に入り明日からでもその最前列で行動しろや！　映画を作るというのは、表現するというのは、さっき誰かが言った社会的な役割を果たせないという、その悲哀に耐えることや」

公平の真意とは別に、映研が学内の闘いの中に巻き込まれて行くこと、左翼学生の理屈・党派の論理に翻弄されること、ひいては映研が解体すると妄想する幹部や、そもそも左翼学生を嫌っていた上級生からは大きな拍手が湧いた。拍手しながら誰かが小声で言った。「きっとさっき採用されたシナリオのことで頭がいっぱいなんやろ」

その拍手が作り出した雰囲気の中、「博士」増本が立上り、二・三人の仲間と共に捨て台詞を残し退会を申し出た。

奇妙な殺気が漂っていたのを覚えているが、入部間もない菜苗にその場のやり取りが意味することが理解出来ただろうか……。

公平は自治会や左翼各グループの闘いについて、映研の中で話題になった時、いつもその闘いを弁護していた。

映画が闘いの傘下に入ることを拒否しながら闘いを正当に評価しようとする、公平の危うい綱渡りの意味を菜苗は理解していただろうか。

菜苗はその場のやりとりよりも、その時頭の中をかけめぐっていた二つの新聞記事の方を、何故かはっきり覚えている。

ひとつはこの国最大のマンモス大学で「全学共闘会議」が結成され、大学本部前で二百メートルの初デモをしたという五月末の記事。もうひとつはフランスはパリ、五月半ばからのゼネストが六月初めに解除され、その後の選挙で「私か、共産主義か」と言ったドゴールの派が圧勝したという六月末の記事だった。

②

一九六八年九月。

学園祭に出す作品は最後の仕上げに入っていた。

中講堂で上映する映画会社の作品も決まっていた。

だが、学園祭のことは全く頭になかった。班編成もまだだというのに、菜苗は間もなく撮影を開始する来年六九年度作品「崖」のことに没頭した。公平のラフスケッチや口頭で伝える各シーンのコマ割りをひたすら絵コンテに仕上げた。その大部分は公平自身がするのだが、中のいくつかを「やってみるか?」と振ってもらった。その巧拙はともかく公平が描く絵コンテの迫力には及ばなかった。


稲刈りも脱穀も終わり積み上げられたワラの山。遠くの山々のふもとまで続く田畑。街道沿いの家々から煙が立ち上る。晩秋の夕暮れだ。尋常小学校高学年の少年たちが、稲が刈り取られたその田で遊んでいる。シーン八。

何枚か描いたが公平は「ちょっと違う」と言う。

授業風景がある。主人公が手を上げて得意げに答える。ほめる教師のアップ。シーン十。公平は又言った。「ちょっと違う」

ある日菜苗は気付いた。公平の絵コンテは母親の目線だ。

田畑で遊ぶ少年をどこかから見ている目。授業では主人公は後姿、その向こうに黒板があった。

公平を押しのけて自分で全てを仕切りたくなるよ……久仁子がそう言った。

ある日長老や部長が爆発した。

「学園祭の準備や雑用せえへん者は『崖』に参加させへんぞ！　公平！　お前がメガホンを取るとまだ決まってないんやぞ！　決めたのはお前のシナリオを採用するということだけじゃ」

撮影はおろか班編成さえ出来ていない。予算組みや機材の手配、誰が監督なのか他のスタッフは誰々なのか、キャストは……考えれば勝手な勇み足だった。

公平に悪いことをしたという気持ちに襲われた。押しかけて行き勝手にスタートさせたのは自分たちだった。吾に返ってその日の午後から、学園祭の仕事に切り替えた。

教室への宣伝活動。学内や駅周辺への貼りビラ。他大学への宣伝。近隣の高校回り。ＯＢへの協力要請。商店街や企業への強引なチケット売り。大カンバンの製作。ポスター作り。会場で売る映研の年刊誌「キネマの丘」の印刷と製本……。

高校の文化祭の時、似たようなことをしたな、今もほとんど高校生だな、そう思った。

長老の怒りが解け「お前らほんまにようやるなあ」と褒められ、九時を過ぎて静けさと肌寒さに包まれたキャンパスを横切り、久仁子と帰る正門前だった。

とうとう「原作者」に出会った。

学園祭は三日後に迫っていた。正門前で五・六人の男が学生会の大カンバンを壊している。そのカンバンは学園祭にやって来る「特別講師」の講演を案内する大きなものだった。演題は「日本の夜明けと青年」だった。その評論家は菜苗とてその名を知る人物。日頃この国の心が失われて行くと嘆き、民族の誇りを持てと説いているMという著名な人物だ。

壊すというのは正確ではない。枠もベニヤも流用し表面の紙をはがしてか上に重ねてか別の紙を貼って再生する。一から作るより手間が省けるのだろう。

「おーい、谷口あと何分くらいで済む？」

正門のかなり手前にいる学生がいった。

「もうチョイや。二・三分かな……すぐ終わる」

手前の学生は見張り役のようだ。答えたのが谷口隆士らしい。見かけた顔だ。このところ公平の下準備への押しかけの手伝いで部室にこもっていた。その後学園祭の準備に走っていた。最近学舎にほとんど顔を出していなかったが、その顔に見覚えがあった。

夏前にも見かけたし、つい最近もどうしても出なければと出席した語学授業のあと学舎前で見かけた。名を知らなかっただけか……。

流暢に喋り続ける演説屋のような学生の大きなスピーカーを、その横に立って肩に担いでいた。あの時、何故か目があって思わず会釈した。その会釈にビラを渡して返したな。あいつだ。あの目だ。

正門の向こうからも声がかかる。

「おーい、隆士早くせいよ」

「あと二枚や」

谷口。そして隆士。これでフルネーム間違いない「原作者」だ。

しばらく立ち止まり成り行きを見ていた菜苗たちに作業を終えかけた学生が質問した。

「あんたら、誰？」

久仁子が答えた。

「いえ別に、ここの学生です」

「あっそう。手伝う？」

菜苗が答える。

「いえ、急ぎますから……」

「そう。じゃあ早よ帰り」

作業が終了して隆士たちが寄って来た。見るとカンバンは「文学部○×実行委員会」の何やら難しいスローガンのものに化けていた。

菜苗は思い切って言った。

「谷口隆士さんですね？」

「そうですが、それが何か」

「あのー、私たち映研の……」

「それで……」

「あなた原作者でしょ。『崖』っていう公平さんのシナリオの」

「よおーっ原作者！　フルネームでご指名。文士さん！」まわりからヤジが飛んだ。

「えっ！　公平の野郎。あれを出したんか？　あーあ、シナリオにしてもいいかと言われただけやで。習作だトレーニングだというから渡したけど……今度の作品って？」

「ええ。選考委員会で決まったんです」

「センコウイインカイ？」

周りの学生が大声で笑った。ドブ川賞の選考委員会やて。おい原作ってお前、小説書いてんの？いつ書いたんや、どんな内容や……皆笑っていた。隆士も一緒に大声で笑っていた。

「まいったな……。中学時代の文集やで」隆士はヘナヘナとよろける真似をして苦笑した。そしてあたりを見回して言った「引き上げよか。奴ら近くで宴会してないとも限らんし」

菜苗は急に怖くなって、久仁子の手を握った。

駅へ向かう菜苗たち。寮の方角へ歩く学生たち。

隆士が振り返って言った。

「ああそれから誤解の無いように言うとくけど、あのカンバンは元もと俺たちのものやから。奴らが勝手に使ってたんや。本来の形に戻しただけやで」

誰かがいった。

「どっちでもええやないか。あいつらのものでもあの講演会は許せんのやから」

「いやこの子らにそんなことにこだわられても、ちょっとつらいからな。君たち名前と学部、教えて」

菜苗と久仁子は文学部と答え、それぞれ名乗った。

「俺といっしょなんや」

隆士はそう言って歩き始め、むこうを向いたまま後の菜苗たちに手を振っていた。


翌日隆士が部室にやってきた。

公平に何やら抗議していたが、原作というようなクレジットは出すなこれは自分とは無関係な公平のオリジナルである、と念を押すのが聞き取れた。

話が終わると菜苗に「やあ」と挨拶してきた。

すぐには返事出来ず「こんにちは」と返した。頬が赤くなったような気がした。

間違いない。ときめいたのだ。そう思った。

この人物を知りたい。そういう感情が込み上げた。なぜあんなにも「原作者」に会いたいと思えたのだろう。あの中学生の文章が自分の何かと重なったのだろうか。そして今こうして赤らむのはその重なりの上に、さらにあの目が重なるからだろうか。

苦い別れで傷つけてしまった中学三年の男子生徒Kのことを思い出していた。あのときはっきり決めたのだ「好意を示され、たとえ自分も同じ気持ちであったとしても、二度と言うまい……

『私も好きです』とは」と。気持ちなんてあやふやだ移ろい行くものなのだ。幼い少女の自戒の決心だった。

隆士の目はその中学生Kと同じ目だった。

待ちわび正門でとうとう「原作者」に会った時の、そして部室でまともに返事出来なかった時の、その感情は決して忘れない。忘れないが自分は大学を去るその日まで、その幼い決心に殉じたのだ。それが当時の自分なりの美学でもあった。おそらくなお中学生だったのだろう。

学園祭前日に「講演会の案内」に戻ってしまっていて気になった正門のカンバンは、学園祭当日再び「文学部○×実行委員会」のものに化けていた。

学園祭そのものも映研OBから予想を越えるカンパを得て無事終了した。「崖」の予算を考え久仁子と手を取り合って喜んだ。

一〇月中旬。

一応の班編成が為された。公平は監督。菜苗は記録兼撮影助手。久仁子は三人の助監督のうちの一人になった。それが形だけのもので結局はやりたい者が何もかもやり、その肩書にほとんど何の意味もないということはすぐに明らかになった。長老芦田はやっと卒業の目途が立ち学業に専念し始めた。アルバイトや授業、それぞれの私用、ちょっとしたいさかい、交通費などの公私の判別の難しい金を巡る気まずさ。メンバーの集合を待つ苛立ち、見限って少人数で実行したことへの恨みの視線、高校のクラブと何も変わらなかった。菜苗は部への思い入れが冷めても公平との準備には心弾ませた。

ある日菜苗はK大の裏手に少年が登れそうでしかも危なく見える崖を求め、8ミリカメラを手に出かけた。

カメラアングルでその高さや危険度がデフォルメされ、ひょっとしたら使えるかなと思える崖があった。研究棟の北西方向の山の斜面に、大雨の日に崩れ落ちたような窪みがある。キャンパスからは崖のように見える。

すぐ近くに見えたのに歩いてみると三十分以上かかった。汗ばみ息が切れた。

菜苗は歩いてきた距離を確認するようにキャンパス方向を撮った。

振り返って崖のようにも見える窪みを下から撮り、撮りながら登った。意外にゆるい斜面だが、カメラを抱えていて安定しない。何度か手をついて登り切った時、振り向くと下にK大の全景が拡がっていた。

ハアハアと息を切らせながら菜苗は、その鼓動も呼吸も汗もすべてがシナリオの作者と原作者にはもちろん、映画作りや学生たちの闘いにも必ずきっとつながっているのだと思おうとした。

相変わらずまた絵コンテを描き続けていた。

一〇月下旬、公平が「今が一番時期がええ」と言い出し、翌日早朝から少年たちが遊ぶ田畑を求めて隣の県のN郡N町に下見に出かけた。十年か十五年後にK大の新キャンパス建設が予定されているが、土地の買収も進んでおらず厖大なその建設費の調達にも時間を要すると聞いていた。

ゼミ合宿用の施設がある。この施設を使えば何日か滞在出来る。二度ばかり来たことのある公平は、早くからここに目を付けていたらしい。予算から考えると破格の低予算で宿泊施設を確保出来るこのN町で探すのは当然だ。

公平が思い描く風景をもう充分把握していた菜苗たちは、ロケハンだロケハンだとはしゃいでいた。遠景に山々、街道沿いの家々、手前に広がる田畑……。

山々や田畑はあったが、家屋が昭和初期のものであるはずもない。結局家々は遠景だし大丈夫だろうと現状で妥協した。皆がいっぱしの映画作家のように残念がった。

少し遅めの脱穀をしていた農家のおじさんがお茶を御馳走してくれた。秋晴の畦道に座ってお茶をすすった。

何をしているか問われ説明すると、「その撮影は来年秋までしかでけへんのう」と言う。秋から中国地方と大阪を結ぶ高速道路の建設が始まる、ここはそのルート上とのことだった。

時代が変わり始める前の最後の時間だったのかもしれない。

正面に富士山とよく似た小さな山がある。全国各地の○○富士と同様故郷にも地名を冠した富士がある。

尋ねると、正面のその山もやはりN富士と呼ばれていた。その東隣りの低い山に崖が見える。公平も同じ山を見ていた。

N富士と東隣の低い山が手をつなぐ母子に見える。今座っている畦道からそのふたつの山まで

7～8キロだろうか、続く田畑のところどころから煙が立ち上り、山の向こうの雲がゆっくりたなびいている。みんなぼんやりその風景を見ていた。

田と煙と空が作り出すこの匂いは、母の入院で祖父母の家にいた幼児期のかすかな記憶を思い起こさせる。父がトラックで迎えに来て病院と生家に行く前後、いつも故郷の富士に遭った。祖父母の家は生家からそれほど離れていなかったと思うが、そこからはその富士は見えなかった。大きな山だったがもっと大きければ見えるかな……そう思っていたような気がする。その気持ちといま香って来る匂いが重なった。

母が退院してからは生家から小学校中学校に通ったが、その時期毎日見たはずの富士の記憶はほとんどない。

菜苗はふと中学期を思い出した。中学生あの目。そして「原作者」

途中遅い食事をしてその崖に辿り着いたとき四時を過ぎていた。

崖に見えたのは土を採る作業の残骸、切り拓いた土肌だった。だが、白黒16ミリで撮る映画、きっと崖に見える。高さ危険度、崖のまわりの木々、周囲に写るだろう山々、申し分ない。大学のあの施設を基地にして滞在し、このN町で田畑のシーンと続けて撮れるぞ。ガヤガヤ言い合っていたら、後から声がした。

「何でしょう?」

振り返ると、セーラー服姿の女生徒が立っていた。コップや酒の肴らしきものを盛った盆を持っている。崖の少し手前の飯場に向かっているようだった。

公平が事情を説明すると、映画という言葉に目を輝かせ、「父には他人に言うなと言われてますが……」と前置きして教えてくれた。

実はこの山の土砂採取にクレームが付き、きょうで作業は中止。だから、この崖はそのまま残ります。来年なら雨風に打たれてもっと自然な感じになってるでしょう。こっちの都合の作業中止だから職人さんたちにお詫びと慰労の会をするんです。うちの社員さんも来てるけど父の命令でわたしも駆り出されちゃって……。

「わしらが運びますがな」

飯場から現場監督らしき中年の男が走り出て声を掛ける。

彼女が降りたトラックから何人かが手に手に荷物を持って続々こちらに来る。飯場から出た現場監督もやって来た。彼女は口に人差指をあて「内緒よ」と合図した。

利発、清楚、そんな言葉がピッタリの女の子だった。

彼女は飯場に向いながら屋根の上の会社看板を指さして言った。

「撮影の時連絡して下さいね、あそこに……」

公平と何人かが「ＯＫ、ＯＫ」と返事していた。

土地の土木業者だろう、山田組だか吉田組だかそんな名だった。

クレーム？　きっと違法採取なんだ。そう直感した。

年明けからのスタートに向けて大まかなスケジュールが組まれた。

主人公の少年をどうするか……公平は言っていた。

「昭和初期の子のイメージ。紺がすりを着て手に木の枝を持ち、日が暮れるまで畑や山で遊ぶ子。収穫期には農作業を手伝うけど、決して周囲ほど貧しくはない。中富農の家の子。兄は役場で働き、姉は隣村の酒屋へ嫁いだ。うんと離れて生まれた末っ子。両親の期待と愛情を一身に受け、伸び伸びと育って来た。学業も兄姉よりうんと優秀。前途洋々としており、しかも誰からも好かれる知恵あるガキ大将。本格派の悪ガキからも一目置かれている。そういう子や。その子が初めて味わう敗北、人前での失敗、挫折。この国が失ったものをあの学生会の講演者のように政治的な思惑からやなく昭和初期の少年の顔から出したい。そんな子を探してる。それは劇団の子やない。素人や。僕にはその子の顔が浮かんでるんや。その子は成長しやがて東京の大学へ進む。学徒動員。その子が戦争から帰って来て友の死を知る。そしてその崖の前に立って思うんや。ああ、あの崖が逝った友と自分を結ぶ宝やと」

公平の構想力はとどまるところを知らず膨らんでいた。

大山教授の紹介で近くの小学校へ行った。教授の教え子が五年生の担任として働いている。来春六年生……ちょうどいい。

その日久仁子は実家の不幸で帰郷しており、他のメンバーも私用で来れず初めて公平と二人だけで出向いた。

校長にも挨拶し、五時間目の授業を特別に参観させてもらうことになった。始まる前の休み時間に教室に着き、その女性教師にお礼を言うと、女教師は「シナリオを拝見しました」と微笑んだ。

おませな子が「おっちゃん。このひと彼女か」と言う。まとわりついてうるさい子だった。ひつこく聞かれ閉口している公平への助け船のつもりで、「そうだよ」と答えると、「いつ結婚するんや」とたたみかける。思わず赤面した。

授業が始まるとさっきの子の足元が気になった。一〇月下旬だというのにその子は一人だけ裸足だった。さっき気付かなかった服装にも驚いた。半袖シャツ一枚だった。別に寒そうでもなく平然としている。

難しい算数の問題に手を上げて答えている。公平がその子だけを見ているのがすぐに分かった。

放課後女教師にこちらの希望を伝えてみた。彼女は言った。

「むずかしい子ですよ」

「快活そうですね」菜苗が言う。

「快活すぎるんですよ。友達からも一目置かれていると思います。弱い子にも優しいように思います。どう言うんでしょう……もう一人いわゆるガキ大将がいるんですがその子に対してと、体育をお願いしている隣のクラスの先生にはムキになるっていうか、そう『譲らない』し、ガンコなんです」

「思ってた通りだ」公平が言った。

「扱いにくいですよ。監督さんの指示なんて聞きませんよあの子。あの子が青年に抑えつけられるのもいやだな……」

女教師は運動場に目をやった。その子が級友たちと遊んでいる。

きっといい教師なんだ……菜苗はそう思った。

その日「母親役はどうしても実の母だ」と言い出した公平と、その子の家を訪ね、帰宅してきた父親を交え遅くまで語った。

建築関係とだけ言った父親がシナリオを見て、「映画か……いいなあ。本人たちさえOKなら私は大賛成。応援しますよ」と言い、ビールを振るまわれ夕食をよばれた

父親は映画の話に夢中になり、次々とタイトルや監督名を出して「映画評」を披瀝したが公平はそのほとんどを見ていた。「荒野の決闘」のヘンリー・フォンダの気持ちが分かるか？　何も言わずクレメンタインを見送る「男」の気持ちが分かるか？　とほとんど泣きそうになって訴えていた。

中々帰らせてもらえなかった。

いい家族だった。

やっとおいとまが許され、外に出ると「映画好きに悪い人はおらん」公平はそう言って、「絶対にあの子に決めた。お母さんにも出てもらう」と続けた。

駅への夜道。公平の映画への情熱と取組みに感激している自分に気付いてはいた。

まとわりついたあの子が言った台詞とそれに答えた自分の台詞が思い出され、さっき父親から振るまわれたビールのせいだけではない酔いが襲った。その酔いの正体が今では分かる気がする。きっと歩きながらあの「原作者」のことを考えていた。

否定しようもない性への興味と震えるような想像に酔いながら、その後公平といるときには隆士を想い、隆士といるときには公平のことを考える……そうやって「男」と向き合わずに済む方法を手にしていた。それがどれほど身勝手ではあってもそれが「私」なのだと決めていた。

入学から翌六九年一月まで、わずか八ヶ月の映研での日々。「原作者」を想いつつ「脚色者兼監督」と共に映画に向き合えたと思えた日々。「原作者」へのときめきと「監督」へのあこがれ……そのいずれもが自分の都合が作り上げた虚像であっても、自分一人の中の作りものの孤独と喜びに包まれた特別な時間だった。

あの日出会った少年は、今どうしているだろう。当時十一歳として……四十歳か。いいおじさんだ。

結局その子との再会はなかった。冬一月、映研を去ったから……。

そして映研も、少年の春休み六九年三月にシーン八「田畑で遊ぶ子ら」を撮ったのを最後に「崖」の撮影を中断し、再開することはなかった。

映研はあの「幻のフィルム」＝全共闘の記録＝を撮影したのだ。

三、重低音

①

窓から見える丘を、公平の右手が指差す。左手には点滴針が固定されている。

「あの中腹に白いマンションが見えるやろ。あそこが自宅」

「ほーあれか、あそこからなら、大阪湾が見渡せるな」

丘には白っぽいマンションがいくつも見える。

谷口隆士はどれが公平の言うマンションなのかすぐにわかった。

「あそこから見ると、大阪湾が何に見えるか分かるか？」

「ん？」

そうか、確かに湖に見えるだろうな……。正面に六甲の山々、その左は淡路島。手前左手は紀州、右手はぐっと大阪の中心まで入りくんでいる。湾の外周が、明石海峡や紀淡海峡で寸断されているようには見えるまい。前に浮かぶ人工島には空港があり国際線の大型機が飛び交っている。

ここ泉南と呼ばれる大阪最南部の丘から見ると、この湾は確かに湖だ。

公平が見て育った湖。彼は西から東を見ていたはずだ。だが、ここからの大阪湾はその逆、東から西を見ることになる。

「けど、逆やな。方向が……」

「そうなんや。昔、湖では朝日やったけど、あそこからは夕陽や。これがまた実にええ。夕陽で逆光の大阪湾……」

隆士は病院からは見えない大阪湾を、丘からの風景として思い浮かべながら、いま公平から依頼されたことを考えていた。

水嶋丈一郎がフィルムをまだ保管しているのか？　何年か前水嶋が仲間と工場経営を始めた頃一度だけ出会ったが、確かに映研からの預かりものがあると言っていた。その後二十五年目の年に映研に戻したんじゃないのか
二十五年後にフィルムを持出し処置を決めるという、そのやり取りに俺は立ち会っていない。そもそも六九年秋以降は大学にいなかった。そのフィルムは見たこともない。

預かっているという水嶋が一向に返事して来ないのなら、水嶋に問い正すことはしよう。だが、保管者が水嶋から転々と移っているとしたら、それを追う気力も時間もない。そんなことに関わりたくはない。それはひたすら映研の問題だ。フィルムを取り上げた連中の責任なぞ取れない。

公平、お前にとってあのフィルムがどれほど大事なのかはしらない。けれど俺にとってあのフィルムの時代とは、六九年晩秋の逮捕迄の期間、二十代全体のほんの短い一部、良き時代、ある意味での夢の時代だ。その後の二十代本番は未整理のまま放置して来たのだ。

隆士は言葉を失い、のらりくらりのうちに時間が経って退室できることを期待した。

公平は言う。二十五年目に動こうかなとも思った。ああ、約束の二十五年が経ったな……という程度だった。それにその時は、動くのが恥ずかしかった。だが、入院してこのあり様、急にどうしてもあのフィルムに会いたくなった。すると今度は自分が動けない、皮肉なもんや。奪われたと思っている。不当だと思っている、理不尽だと思っている。

そうした公平のひとつひとつの訴えに、隆士は何ひとつ返答できなかった。

ドアを軽く叩く音がして、大きな鍔のピンク色の帽子の女性が、両手で果物篭を抱えてはいって来た。帽子には濃いブルーのリボンが巻かれている。

「あらら、公平、大丈夫?」

「よう来てくれたね。ほんと久しぶりやな。で、水嶋には聞いてくれたか?」

久仁子は頷き、隆士をギョロッと見て言った。

「まあまあ、薬苗に惚れた男が二人。ここでご対面か！　泣かせるわねえ」

「水嶋は何て言ってた。ちっとも連絡して来んのや」

「それがね、もう持ってないんだって。誰かに預けたんだけど誰だったかな、なんて言うんだよ。あいつめ、ったく……」

「なら、それはそれで連絡して来りゃいいのにな……。時間が無いんや」

「こらこら、公平。弱いこと言うなよ。あたしゃ怒るぞ！」

公平は天井を見つめそして苦笑いした。

公平は思い起こしていた。「崖」を中止し闘争記録の撮影に切替えた事情、水嶋がフィルムを預かることになった上映会の日の出来事……。

六八年一二月

ロケ地のゼミ用施設に宿泊するには、「施設使用願い」という書類を出さねばならない。使用目的・利用者氏名住所一覧などを記入する。ここまではいい。さらに推薦教員の欄があり、最後に学生会「承認印」がある。大学当局はあくまでも、施設管理を学生の自治に任せる民主的運営(?)を行っており、当然「承認というスタイルの是非は学生諸君内部の問題ゆえ論評をさし控えたい」という立場だ。

大山教授の推薦をもらい、続いて私信を開封されるような気分で学生会事務局へ行った。くどい質問に適当に答えやっと「承認印」を押させ管理課に提出すると「映画はどんな内容かな?」と言う。「管理規定にも、この書類にも撮影する映画の内容を問う項目は無い。もしあったとしてもそれは介入だ」と応戦し、一応書類が受理された。

そんなもの二・三日で許可が出るものと考えていた。

使用許可書が出て来ない。

「使用願い」提出から一週間後、今日こそ午後から管理課へ催促に行こうと考えていた日の昼休み、学生会文化局長という男が数人の大男を従え映研部室を訪ねて来た。

慇懃無礼に言った。「誠に申し訳ないが、シナリオを見せてもらえないだろうか?」

検閲だ。

「承認印も押してるやないか」と言う公平や居合わせた数人に、「大学と学生会の信頼関係を維持したい。ご協力願えないか？」とすごむ。

その日は押し問答となり、「ご検討くださいな」と言い残し彼らは引上げた。

六九年四月。

公平は少年の急成長に驚いていた。三月の少年の春休みに合わせて撮影を開始した時すでにまずいぞと考えながら、まあいいかと強行したことを悔いていた。

今ラッシュを見ると予想通り少年だけが、体格・背丈・顔つきいずれを取っても中学生に見え、周りから浮いていた。前年秋、彼を求めて小学校を訪ねた時のイメージとはかけ離れている。

正月休みに計画していた一回目のロケが、学生会の横槍で施設使用許可が延び、実施出来なかったことを恨んだ。

別の少年を探すと言うと、映研内は紛糾した。又もや卒業を見送り七年目に突入していた「長老」芦田が言った。

「大丈夫や観客には判らんよ。プロの映画監督気取りやな公平。それを続けるんなら、監督交代や」

「ゴールデンウイークに猛スピードで撮ろう。あの子がこれ以上成長する前に終わろう」と部長がとりなした。

連休に五泊の予定でN町の現場へ行ってみると、ロケ地は高速道路建設の中枢基地。ダンプが行き交っていた。一泊も出来ずUターン。

少年の成長期というものに対する判断の甘さ。「工事は秋から」という農家のおやじの言葉を鵜呑みにしたノー天気な日程設定……いずれも「監督」たる自分の責任だ。

中断した撮影を再開するには、秋までの残りの日数や出演者の事情から考え、大巾なシナリオ変更や出演者変更をし二年がかり作品とするしか道は無いと思った。

六九年五月中旬。

さてどうしようと行き詰まっていた。自治会と全共闘結成準備会から「学生会脱退」への同調要請があり、中断している「崖」問題の対策方針の決定と合わせて討論するということで、映研臨時総会が開かれた。臨時総会の冒頭、公平が口火を切ったのだ。「学生会脱退」問題について……。

一例として、何故正月休みロケを断念せざるを得なかったかを述べ、続けて言った。

「使用許可書が発行されたのは、確か一月中旬でしたよね。東大に機動隊が導入される数日前でしたね……。ぼくらは、あの施設の利用を前提に全てを組んでたんです……。おかげで正月休みに撮影出来んかったんですよ」

部長が小声で言う。

「現実も冷静に見とかなしゃーないやろ。」

来年の予算のこともあるぞ。学内で「自由」に撮影上映出来る立場を確保しておく部長としての「責任」もあるんだ。これが年末ぎりぎりに部長がシナリオを提出してしまった理由だった。

前年七月の合宿で公平の「表現自立論」のような弁舌に拍手した幹部や上級生は、この日公平の真意を思い知らされることになった。

「検閲でしょう。これこそ検閲と自主規制のモデルみたいなもんですよ。しかもシナリオを出すのが遅いからだとでも言うように、見せしめ的に年内の許可書発行を見送りやがった。製作日程が無茶くちゃになりましたよ。少年の春休みからになりましたからね。全共闘結成準備会が呼び掛けている学生会脱退、当然でしょう」

誰かが言った。

「全共闘に利用されるだけやぞ。奴らが天下取ってみろ、今度は奴らがもっと厳しい検閲するさ。去年の夏のプラハ、あれは何だ?」

記事写真で見たプラハ市街を行くワルシャワ機構軍の戦車。腹のあたりに感じるその重低音の響きを払いのけるような気分で言った。

「相手が左翼であろうが右翼であろうが検閲・介入、認めるわけには行きません。当局・学生会であろうが、どこかの政党であろうが、全共闘であろうが、それは同じです」

激しいやり取りが続いたが、一・二年生や春の撮影の実際を担った者、施設使用を巡るやり取りに業を煮やしていたメンバーが公平を支持した。

全共闘結成に向けて進む事態のひとつでもあった。

学生会脱退が決まった。

クラブ第一号だと後に聞いた。


誰かが未練がましく言った。

「撮影スケジュールが狂ったんは、あの時期のガキの成長を甘う見たこと、百姓のおっさんのたわ言だけで秋まで行けるとしたこと、両方とも監督さんあんたのミスやろ……。それも原因やぞ」

「それは否定しません。それは認めます。それは別の話です」

「どないするんや『崖』?」

少年の代役を見つける、求める条件を充たすロケ地を確保する、格安の宿泊施設が絶対条件だ。しかも秋の学園祭に全て完成していなければならない。

不可能だ。それは判っていた。

今年は作品発表を見送り、二年がかりで撮らせてくれ。それが本音だったが、これまでの慣例や周りを無視した求めであることは百も承知していた。

四年生の一人が追い討ちをかける。

「大学の施設はもう使えんのやぞ。監督さんあんたの発議で脱退を決めたんやで。格安宿泊施設はどうするとか、今後の活動のヴィジョンを示さんのは、無責任とちゃうか」

「そんなことにまで『承認』という形で介入する学生会に留まり、一体どんな映画を撮ると言うのですか?」

「公平。奴らに過大な期待をするなよ。奴らは自身とその理屈―奴らは思想と呼んどるけど―それを過信しとる。例えばお前が選定したロケ地、行ってみたら工事が進んでいたやろう。あれや、あれなんや。世の中の変化の質・速度、オレらの予想を越えてる」割って入ったのはひつこく姿を見せていた長老―芦田だ。溜息をついて続けた「そういう世の中というバケモノの正体に左翼は気付いていてない。気付く誠実さもないんや」

芦田の言ったことには取り合わず、公平は代わりに全共闘結成準備会のM・Jと署名の入ったビラを読み上げた。

タイトル「全てのクラブの諸君へ」で始まるそのビラは、表現活動に対するM・J氏の見解を述べたあと、洋の東西・体制の左右を問わず歴史を問わず、どれほど支配者が人々の表現活動をその支配の道具として来たか、表現の自立を蹂躙して来たかと説き、それに終止符を打つ……それが全共闘だと結んでいた。

M・J……水嶋丈一郎だ。

最後の数行はこうだった。

「もし全共闘が、諸君の表現や創作の、その自立と尊厳を踏みにじるようなことがあれば、私は喜んで全共闘と袂を別ち、必ずや諸君とともに全共闘との闘いに起つだろう。」

ひと月後、文学部の学生大会でこの男の弁舌を聞くことになった。

総会は「崖」中断の収拾策の検討に入れずにいた。

自らは言えず、誰かが二年案を打ち出してくれるのを待った。

やがて学生会脱退に賛意を示した者たちから、予想しなかった提案がなされた。

「この際『崖』は一旦中止し来年条件を整えて再開する。今年は全共闘の闘いの記録を撮る。これでどうでしょう?」

学内の緊張、始まっているこぜりあい、文学部を除く六学部のスト決議、近く予想される全共闘結成……確かに格好のドキュメントではある。

だが公平は今学生会からの脱退を決めた位置と、全共闘の闘いを撮るという位置との「関係」が整理出来なかった。

その位置は違うのか同じなのか、それとも別の座標によって獲得出来る新たな位置なのか……未整理のまま「撮る」へと流されることに抵抗感があった。映画に関わる者の根本がぐらつくような危険を感じた。公平は反対した。

さっき脱退を支持し推進したメンバーを中心に世論が形成されて行った。脱退に反対した者も記録撮影に賛成し始める。

今年の作品は自分が撮りたい、撮れるものと思って来た。そういう未練があったのだろうか。あるいは他の者が撮るよりは映研独自の視点を打ち出せる、他人にはさせられない……そうした自惚れや「欲」があったのだろうか。

討論に疲れ「撮影」という一点に吸い込まれたのかも分からない。今年の「崖」の不可能を埋め合わせようとしたのかも分からない。

皆の意向を受け反対論を止めたとき、公平はもう主張していた。

ひとつ。当局・学生会はもちろん全共闘にも一切介入させない。そのスタイルを全員で防衛すること。万一抗し切れなくなった時は直ちに撮影を中止し、焼却してでもフィルムが介入者に渡ることを阻止すること。

ふたつ。機動性が求められるので8ミリで行きたい。現在8ミリカメラは3台しかないが、あと数台至急購入すること。

みっつ。「崖」に予定していた全予算を投入すること。

よっつ。望遠は多用せず可能な限り「事態」に密着すること。撮影場所等は事態の性質上、緊急時には監督が瞬時に決定する。

自分の中に新しい作品が湧いて来て戦慄した。紺がすりを着て手に木の枝を持って田畑で遊ぶ子……その時の発言はあの子とどう繋がっていたのだろう。

ストーリーがあったわけでも、具体的な場面が浮かんだのでもない。だが、自分のなかで確かに何かが動いた。

もう戻れない。その時、公平はそう思っていた。

だが夏の終わり、公平は「崖」の断念という代償を支払ってまで開始したその撮影から降りたのだ。降りて大学を去ったのだ。

「ある事情」によって、自分はこの記録を撮ることに破産したのだと思い知らされたのだ。

七一年春。

映研は文学部第一教室で「幻の記録フィルム、ついに上映！」「今明らかにするK大全共闘の全て」などと銘打ち上映会を行なおうとしていた。

六九年夏以降大学を去りB出版映画部に居た公平の許に、速達で映研からの知らせが来た。「上映会防衛に力貸されたし」……

途中まで撮影を仕切った以上行くべきとも思ったが、上映の主旨が読めない。解体の淵に在る全共闘主導による巻き返し索なのか、興味本位に企画された武勇伝か……。公平は仕事の予定もあり断りの返事を出した。

が、数日後今度は電報が来た。「上映の是非について撮影に関わった者全員で相談したし」

上映会前日の朝大阪に着きそのまま会議に向かった大学前駅、バッタリ大山教授に出会った。

「上映会をするんだって？　僕の教え子が紹介した子役が出てる劇映画ならいいのに…あの記録フィルムはどうなんだろう、いいのかい全共闘は……」

「ぼくは上映を止めさせようと戻って来たんです。たまたまその前半の撮影に携わったので皆に言わせてもらいます。撮影した側と撮影された側に上映の合意が成立していない以上ダメです。ただ、あのフィルムは誰が何と言おうが、全共闘のものではなく、ぼくたちのものです。ぼくは、それだけはハッキリさせてから東京へ帰ろうと思っています」

翌日上映会は一応強行されたが、映写には至らなかった。

フィルムのリールをかかえ倒れている公平の周りを囲むように、映研のメンバーと十数名の活動家学生が対峙している。公平のズボンの裾はやぶれ、そこから血がにじみ出ている。

上映会に来た学生はその輪を遠巻きにし成り行きを見守っている。

全共闘の学生が口々に言う。

「テメエら、どういう立場で何の為に上映すんだ、えっ？　この第三者どもめ……。共に闘うという立場で我々と共催すんなら前もって何とか言って来いよ。もちろんその場合でも上映そのものには反対だけどさ」

「ええか！　このフィルムはな、権力が証拠物件として家捜ししてるんやぞ。見られて困る内容はないけどやな、ヤツら何でもデッチ上げるからな」

それまでの何度かの機動隊導入に疲れた者たちの暗黙の了解か、上映会の設定時刻や公開の場という条件の影響か、活動家学生は公平が抱きかかえるフィルムをそれ以上奪おうとはしなかった。

誰かが提案した。とりあえず十五年間、双方が納得する者が預かる、十五年後双方が集まって見るもよし、廃棄するもよし、それはその時決めようと……。十五年では短いとの声が上がり、二十年になり二十五年になった。

二十五年？　公平は思った。永い時間だ、双方集まってなんて言ってるがその頃には皆五十歳前後だ。憶えてやしまい……

「預かるんならぼくが預かる。あんたら一体何百年同じ過ちを繰り返したら気が済むんや。表現活動を力でねじ伏せたらあかん。世界をそういう者たちに渡さない為に闘って来たんと違うのか。今これを取り上げたら、あんたらはきっと後悔するぞ。ぼくに預からせてくれ。責任をもって誓う、二十五年間どこにも出さん」

「ふざけんな！　なら、なんで今日上映会を強行したんだ。それに表現表現って言うが、テメエら無傷のところに居た者が、ちゃっかりと撮影したもんだろうが。表現が聞いてあきれるよ」

活動家学生の一人が、公平の持つフィルムを奪おうとした。

公平はきつくかかえ放さない。

騒ぎを聞き付けた大山教授とほとんど同時に一人の学生がやって来た。その学生が奪おうとしている学生を静止し公平に歩み寄り、そして耳元でささやいた。

「公平！　俺ならどうだ。俺が預かろうか」

狡猾に商いの交渉をしている様でもあり、事態を治める為に知恵を絞り身体を張っている様にも見える。

公平に語りかける一方で、上映阻止の学生にはウインクしている。

水嶋丈一郎だ。

しばらく双方が沈黙した。やがて、映研のメンバーが、彼ならいい、彼に預からせようと言い、阻止の学生も「水嶋しかおらんだろう。」と言い、事態は決した。

映研の誰かが、観客に事態を説明していたが、聞く者は無く第一教室はすぐに映研のメンバーと上映阻止の学生だけになった。

　水嶋がフィルムケースを持ち、十数名の学生と無言で去って行く。

　脚を引きずり会場の外に出ると久仁子が立っていた。

「公平、東京から、戻れないって速達で返事出したんでしょ」

「ああ。その後どうしても戻れと映研から電報が来たんや。まあやめさせる為に戻ったんやけどな」

「大丈夫？　ごめんね、こんなことになって……せっかく東京から戻って来たのに……」

「君が謝ることはない。ええよ、大したことない。それに、この結果は思った通りやったし……」

「わたしも上映には反対したのよ」

「うんうん、きのう皆に聞いたよ。けど、上映しようとなったんやし……。映研は上映を強行しようとし、彼らはそれを力で押さえようとした。結局それは同じことやろ。変わらんなこれじゃあ……世界は。な、久仁子、二十五年後、二十五年後にまた会おうや」

　むこうの桜並木の細い通路に居る教授の姿が眼に入った。他のメンバーに又なと手を振りながら教授の方に近づいて行く公平に、久仁子が言った。

「公平、頑張ってね」

「えっ？　何が」

「ほら、東京の……B出版映画部」

「ああ、あれもどうもな……」

「公平、東京へはいつ帰る？」

「今夜の夜行バス。ちょっと大山さんと話していく」

「そう、気を付けてね。」

久仁子が何か言い残したような表情で去って行った。

学生たちが立ち去るのを待っていたように教授がやって来た。

「君は昨日、上映を止めさせる為に戻って来たって言ったね。止められなかったんだね」

「映研は、連中の阻止行動をハネ返せると考えたのか、上映そのものに疑問を持たなかったのか、とにかくぼくは少数派でした」

「今、女子学生がわたしも反対だったと……」

「久仁子ですか、彼女はきのう不在で……居てくれてたら心強かったですね」

正門から駅まで歩こうとしたが、思うようには歩けなかった。

教授はタクシーを拾い今夜は我が家に泊まりたまえと薦めてくれたが、脚ははれ上がり歩けない。タクシーで病院へ向かった。医者は骨折だと言い、即入院。

数日後、公平はカルテの写しを受け取り東京へ戻った。

さっきまでの雲が途切れ、夕陽がこの病室にも差し込んでいる。

隆士は遠い日の公平との再会を思い起こしていた。

②

七二年。保釈で出て以降しばらく東京にいた隆士は、公平がB出版映画部を辞めたあと勤めているはずの広告会社を訪ねた。気がかりあってのことだとは認めず……。

K拘置所に面会に来てくれた時に聞いていた会社だ。

公平はすでに退職していたがそこで「多分ここでアルバイトしてると思います」と住所と名称を書いたメモをもらった。

それは映画青年が映画を学びながら上映会や講演を企画し時には自主作品も作るという、いわばマニアたちがグループで趣味と実益いや実損を兼ねて運営している団体だった。

アルバイトではなく正規の構成員だったが、資金不足を補う為に全員が何らかの副業を持っており、どちらが本業か他人からは判るまい。メモをくれた男がアルバイトと言ったのは当然だった。

団体の名は「雑草映像舎」

訪ねた時ちょうど映画雑誌でみたことのある人物と「雑草映像舎」の若者三人が出かけようとするところだった。中の一人が公平だった。

隆士はすぐに気付いた。その人物が「ＡＺ作戦」の途中、奇妙な時間の中でたまたま見ることになった映画の監督であることを。あの時、自分はその映画を見た後「ＡＺ作戦」の集合場所へ戻って行ったのだ……。


その日公平は残ってくれ、タバコの臭いと印刷インクの臭いがしみ着いた、学生自治会室のようなその事務所で夜中まで話した。菜苗はどうしているだろうとはどちらも言わなかった。ビールを呑み、インスタント・ラーメンを食った。

フィルムの話になり、公平は「撮影は本来新聞部か放送部の仕事だった」と言い、憶えているかと続けた。

「明日から撮影を始めるという日、ブルース酒場へ行ったよな。菜苗が先に帰って二人で呑んだよな」

「ああ憶えてる。あしたから撮影というのに落ちこんでいたな。確かお前が撮影し始めていた映画が中止になったんやな……」

「知ってるか？　去年上映会があった。映研主催や」

「そうか……単独主催で上映なんて出来たのか？」

「案の定全共闘に奪われ、上映会は中止や」

「奪い合いというか、やり合うたんか？」

「まあそんなとこや」

公平は続けた。自分は上映を中止させようと大阪に戻ったが、上映に反対したのは、上映の根拠が希薄だとか全共闘の言い分が正しいと思ったからじゃない。必ず全共闘に奪われると直感したからだ。ブルース酒場で呑んだときも言ったよな。「崖」を中止せざるを得なくなり、明日から全共闘の記録を撮るとなると、それまでの撮影反対は吹き飛び、監督に変身、のめり込んでいたと……。

去年の上映会に反対したのも、それと同じ発想だ。奪われたら困るからだ。

「そりゃそやろ。奪う権利はないよ」

「奪われて困るのは、自分のシナリオが崩れるから……あの記録フィルムを含む二十五年に亘るシナリオが……」

「あのフィルムがシナリオの一部？　ええかげんにせんか！」

隆士は芝居がかった怒り口調でそう言いながら、精一杯の強がり「表現者公平」の反撃だと受け止めた。奪った者への「お前たち全ては私の作品の一部なのだよ」という反撃……。

公平はフィルムは奪われたままでもういいと言い、この団体に来てずいぶん考えも変わったし……とも言った。

学生のそれもわずか数年の映画との関わりだ。だが少年の急成長にこだわったことも、「検閲」を強いる者に屈すまいとしたことも、さっき出かけて行ったあの監督だけは分かってくれると考えていた。「僕の寡作の理由と同じだよ」とそう言ってくれるに違いないと思って来た。だが逆に、闘争記録の撮影にのめり込んだことこそ、社の意を容れて不本意な画を撮るようなことだったのだ……。そう公平は言った。

事務所の古いテレビが又昨日と同じニュースを繰り返していた。容易には信じ難い山岳地での凄惨な事件だ。報道されている内容と自分とは無関係だとする構えからは何も生まれないはずだ。それは判っている、だが……知りたくはない。

整理出来ぬ頭痛に激しく襲われた。

時間をくれ……そう思った。

その夜「雑草映像舎」の板張りの床に泊った。七二年三月だった。

東京で会ったあの日もういいとしたフィルム。夕陽の差す病院で今、そのフィルムにどうしても会いたいと言っている公平。これまでは、脚を折られてしまったのはフィルムを巡る争奪戦の結果ではなく、撮影から上映に至る「表現者の傲慢」への天罰だとでもして来たのか……。その公平が不憫だった。

「水嶋さんに誰かガァーンと強く言ってくれないかな。どう？　隆士さんは？」

「いや、向いてないで、僕は……」

「菜苗はどうやろう？」公平が言った。久仁子の表情が一瞬、ほんの一瞬だが変わった。

「公平、菜苗にはちゃんと言っといたわよ。彼女あす来るよ」

公平はベッドで黙ってうなづいている。


隆士はフィルムを預かっているはずの水嶋のことが気になった。

いつだったか、水嶋が奇妙なスタイルの工場経営を始めた頃一度会ったことがある。その時「全共闘を二度やってどうすんねん」と言ってしまった。彼は黙って聞いていたが、憶えているだろうか？

何かある、多分何かあるんだ。公平の入院を知ってなお、連絡をして来ない裏に何があるのか知ってみたいと一瞬思った。

だが、すぐに「俺には関係ない」と思うことにした。再び、この地の丘からは湖に見えるという大阪湾を思い浮かべていた。

水嶋丈一郎、あの弁舌は天性のものだ。圧倒的に不利な状況を、一瞬にして覆すことのできるあの弁舌。多数の人間を瞬時にゲットすることの出来る、隆士が知る唯一の男。

もし、この件に菜苗が関わるとすれば、菜苗は苦戦するだろう。

隆士は菜苗が苦戦しながらも、公平のフィルムにたどりつくことを願った。

それがいま公平が最も願っていることなのだ。

ああ、こいつは、撮影に反対しながら撮影にのめり込み、上映会をやめさせようとして帰阪し、逆に上映会の首謀者となり脚を折ってしまったのだ。

公平の手を握り、また来るからな、頑張れよ、もう一度映画やろうや、お前のシナリオを映画化しろよ、そう言って久仁子を残し部屋を出た。

病院の玄関を出ようとした時、救急車が入って来た。あわただしくバックドアが開けられる。酸素だろうか口にマスクをあてがわれ、小刻みに痙攣する初老の男が見える。

救急隊員がストレッチャーを持ち出し、迎えに出た医者や看護婦と合流する。またたく間に隆士の前を通りすぎて行く。

隆士は思った。

フィルム探しに力を貸そう。たとえそれがこの二十年の自らの信条を欺くこととなろうとも。

四、砂埃

病院の匂いは嫌いではなかった。この匂いは母の匂いだ。傍にいてやりたいのに……という母の気持ちが、幼かった自分に重く迫っては来た。それを受け止めようとした小さな胸の鼓動を、菜苗ははっきりと憶えている。

父に連れられて行く病院は、自分を心から大切に思ってくれる人に会える場所だった。

「菜なちゃん、幼稚園は楽しいか?」

「秋には帰るからね」

いくつかの母の言葉を憶えている。

母にせがまれ、病院の屋上で踊って見せた運動会のダンスは、今でも多分出来るのではとさえ思う。大きな富士がそれを見ていた。

秋が過ぎ、冬が過ぎ、又春が来て……結局母は二年後退院した。

大学に進み、二年足らずで帰ったとき母は何ひとつたしなめはしなかった。再び大阪に出たときも、広瀬と結婚したときも、まるで娘は必ず帰って来ると信じているかのように、決して帰って来いとは言わなかった。

その母が、広瀬と離婚したとき初めて声を荒げて言った。「理といっしょに帰って来なさい」

母との激しいやりとりは唯一それだけだ。母は病院の二年間を幼かった菜苗に申し訳ないことだったと、一生負い目のように考えていたかもしれない。

この匂いは菜苗にとって、そんな母との絆を再確認させるものであり、死のイメージであるよりは、包み込んでくれるもの、許し認めてくれるもののイメージであった。

迷ったあげく結局途中のターミナルで買ったのは花だった。それが、あの夏アパートの裏の土手にもあった向日葵であることに気付き、菜苗は半ば悔いていた。

ドアをノックすると、女性が返事をした。

「眠ってるんです。……梶村菜苗さんですよね？」

「ええ。どうも……」

「久仁子さんから？　それとも隆士さん？」

「はい、両方からお電話いただきました。金曜と土曜に……。遅れましてすみません」

黙って会釈しながら花を渡し、眠る田所公平を覗きこんだ。夢で見たよりも元気そうに見えた。出来れば眠っていてくれと菜苗は思った。

百合子と名乗る女性は、向日葵を花瓶に差しながら、語り始めた。

二週間程前公平が、突然あのフィルムをどうしても見たいと言い出し、彼女がフィルムの保管者水嶋丈一郎に連絡した。どこにいったか判らない、調べてみるとの返事。公平が急かすので、数日後再び連絡したら、今度は人から人へ転々としているようなので探してみるとのこと。要領を得ないので、公平の指示で隆士と久仁子に連絡した。きのう二人がここへ来てくれてた。その時の久仁子の話では、水嶋は又「誰かに預けたけど誰だったかな」などと言ってるらしい。

「変だと思うんです。そりゃ、子供みたいにそのフィルムにこだわるのも、ひと様から見れば奇妙なことでしょう。けど、取り上げたというか、その……二十五年間預かるって、そうだったんでしょ?」

百合子の心が激しているのが伝わって来る。

「私、知らないんです、その辺のいきさつ。撮影がまだ途中だった頃ちょっと見せていただきましたけど……。私、大学辞めちゃいましたから、そのあと……。上映会のこともフィルムを水嶋さんが預かったことも、きのう久仁子から聞いて知ったんです」

菜苗は公平の寝顔を確認し、天井を指して言った。

「ちょっと屋上にでも行きましょうか。公平さんまだ眠ってらっしゃるし」

暑さを飛ばす風が吹いていた。白い洗濯ものがパタパタと音を立てている。その音が、何かを訴えながら叫ぶ者の声のように聞こえ、菜苗は言った。

「私も探しますから……」

「ありがとう。そうしてやって下さい。急に言い出したのは知ってるんですよ彼、時間がないって……」

「そんな弱気なことおっしゃらないで。大丈夫ですよ。きっと回復しますよ、元気そうじゃないですか」

百合子は泣いた。二十五年目には、もういいかという考えと言い出す恥ずかしさから黙っていた彼が、今必死に言うのは、あのフィルムの時期こそが彼の命を生へと繋いでいる糸だからだ。わたしには判る。あのフィルム、あなた、そして谷口隆士さん、それは彼にとってその大切な糸の一つ一つなんです。

乾しものの音が百合子の声をさえぎる。病室へ戻ろうと歩き始めたときの彼女の言葉が、よく聞き取れないまま耳に残った。

「あれだけなんですって、あの暑く遠い夏の圧力の中で自分たちで仕切ったのは。闘っていた、本気だった、って。あたしに言ってもしょうがないのに……」

菜苗は思う、だが私にはその「あれだけ」すら無いのだ。

あの夏……

全共闘結成準備会は各クラブに学生会脱退同調を求めていた。

公平は多くのクラブの先陣を切って映研を学生会脱退に導く。

裏切られたという想いの先輩から、全共闘と組むのかと詰問され、いやどこかに組するのではない、ただ腐りきった学生会からは出るべしですと切り返し、その前年の合宿と同じ弁舌を再現したという。後日久仁子からこの話を聞いた時大学は混乱のただなか全共闘結成の直前、「幻のフィルム」の撮影も開始されていたのだ。

問題のフィルムはこの後映研が六九年九月の末まで撮り続けたものだ。それは「崖」を中止して臨んだものだった。


八月、公平は突然撮影班に休部を申し出、B出版社にあった映画部の「語りかける江戸」という学術映画のスタッフ—といっても駆け出しの荷物運び程度だろうが—に加わることとなった。江戸期の文化・技術を発掘する、都内各地をまわる二年以上はかかる取組みだそうだ。政治がからむものを避けたのだろうか……。

菜苗が、公平の背中を見送ったのは、公平がこの撮影班への参加を決めた前後ということになる。撮影を放棄しての突然の上京……何があったのだ。

久仁子が伝えて来たように、もし公平があのフィルムを探して欲しいと言ってるとしたら、どうしてだろう、と菜苗は考えた。

フィルムの後半には、公平はタッチしていない。それに、それに……私はあのフィルムの一部、初期部分は観ているのだ。

七月の末、学内は小康状態永引くバリケード、進展しない事態、離れて行くいわゆる一般学生、暑さの中で何かがもがき始めた頃、観せてもらったフィルムは、未編集の故か、ただの記録8ミリフィルムに思えた。

映画だ表現だと言い合ったあの当時のそれぞれの言い分に応えられるしろものだとは、門外漢の菜苗にも思えない。

あの日、久仁子に呼ばれ、公平や映研のメンバーが集まっている学生寮の集会室へ行った。自分はもう映研の人間ではないこと、全共闘はまだ観ていないこと、それが後ろめたく断わっていたが、例のとおりの久仁子の強引さに負け、のこのこついて行ったのだ。

映写機にセットされたリールがカタカタ鳴っていた。黒板にシーツをとめただけの画面。音声のないその画面を、自分には関係のない遠い国の出来事のようにぼんやり眺めていた。画面そのものもぼんやりしていたと思う。

撮影に参加していた者の当事者感、身内だけにわかる撮影中のエピソードの共有感、危ない思いをした「報道カメラマン」の特権……ときどき喚声や拍手が飛び交う。

菜苗はあの日の感覚を今でもハッキリと憶えている。

私は写してる方でも映ってる方でもない。

上映会が終わり、久仁子ら七～八人が呑もうと出かけて行き、菜苗はその場のあらゆるものとの交信が不可能な磁場に取り残され、立ち上がれずそこに留まった。数人が残っていた。雑談ののち一人去り二人去り、やがて公平と二人になった。

自分の今の空虚を公平は分かってくれる、そういう甘えがあったのは事実だ。しかし心ならずも「崖」を中断・中止した公平の心のすき間に取り入ろうとしたのではない。入学した昨年映研に入り、今年一月の隆士たちの行動に何の確信もなく斜めに参加し、その事件をきっかけに映研を去り、みじめな「逃亡」以降行くあてもなく彷徨し、この夏の「激動」の前で今うずくまる自分。そこから出られなかったのだ。

公平が手を握って来た。その抱擁に「あこがれ」を根拠に身を任せていた。やがて、フラフラと屋上への踊り場に行った。ほとんどの学生が帰郷していてこの踊り場は誰にも気付かれまいと思ったとき、これから起こることを覚悟した。

あの時、電気が消え非常ベルが長く激しく鳴って互いが身体を離さなかったら、公平が様子を見ようと廊下へ出ていかなかったら、二人は朝までそこに居たかも知れない。そうは思う。

そのとき公平の腕の中で、監督へ持ち続けた「あこがれ」とは質の違う別の気持ち……自分の中にそれを確認するゆとりはなかった。

菜苗は公平の背中を見送ることになったその夏の終わりまで、平静を装い何もなかったように振る舞った。それは公平も同じだった。他に方法はなかった。


病室に戻ると公平は窓際に置かれた花瓶を見ていた。

居心地の悪そうな花瓶の中からこちらを見ている向日葵の視線が、菜苗を促した。

「公平さん、お久しぶりです。元気そうじゃない、どう?」

「ああ、どうかな……。サンキュー。来てくれたんやな……。悪いな忙しいところ」

三十年近く、正確には二十八年振りの再会。その空白の時間が、向日葵の呼吸が作る空気によって埋められて行く。ここが、あの学生アパートであっても全く不思議ではなかった。いま公平がベッドから立上り、この窓の向こうを歩いて行くその背中が見えたとしても、菜苗は驚きはしないだろう。ひょっとして、窓の外に土手があるのではないか……菜苗は外に目をやった。

六八年合宿での公平の語り、「崖」準備で歩いた日々、学生寮の試写の日のできごと、久仁子から聞いた学生会脱退を決めたという六九年映研臨時総会、昨日聞いた上映会の混乱とフィルムの件。

学生会脱退のやりとりや上映会での公平の姿は全て伝聞だ。自分はその場に居なかったのに何故だろう、何故こんなにもリアルにその姿が浮かぶのだろう。

一方、二人の時公平が語った内容はほとんど思い出せない。語っていた主旨は分かっているのにその台詞のひとつひとつ、その語りの具体的な中身が思い出せないのだ。

全ては音色のようなもの、香りのようなものとして、記憶の底にある。

申し訳ないことをした。人が身を切るような想いで語ったとしても、こちらの課題でない限りそれを聞き流しているのだろうか……。

だが思う。今聞き流すことが出来ない理由が、たとえ公平の病の床からの求めだから……ということではあっても、やがて当時公平が語っていたことに出会えるかも知れない。それはきっと己の学生時代に出会うことだろうけど、それでいい。

それに、それにあのフィルムは、決して預かっているという側の所有物ではない。

看護婦が来て、熱と脈を計りそして点滴の用意を始めた。

入院以来、映画の話をしていたのだろうか、看護婦が言った。

「田所さん。観てきましたよH監督の……」

「そう。どうでした？」

「田所さんがどういう人か分かりました」

「ぼくは単なる映画ファンですよ」

看護婦はにこにこしながら、日本映画にもいいものがあるのですね、今まで洋画ばかり観ていました、と仕事を続けた。

その映画私も観ましたと言おうとして、菜苗は黙った。主人公がそれと自覚していなかった、遠い日の自身の恋物語に出会ってゆくストーリーだった。先々週研一と観てきたものだった。そのとき、不覚にも菜苗は研一の隣りで涙を流したのだった。

「私、水嶋さんに会ってくるわ。とにかくフィルムがどこにあるのか、まずそれをはっきりさせなきゃ」

「やってくれるんか。おまえが行きゃ水嶋も何とかするような気がするよ」

「どうして……？」

「知らないんか？　奴はおまえに惚れてたんやで。ぼくに告白したことがある」

「またまた冗談言って……もう」

水嶋丈一郎。菜苗たちの文学部内で「しゃべくりの水嶋」と呼ばれていた水嶋。どういう訳かいつも、その都度違う女子学生を連れて歩いていた。

しゃべくりのというのは、読書しない・学習しない・原稿は書かない・カンバン作りはしない・ガリ切りはしない、要するに地道な労を一切せず、「喋り」つまりマイク片手のアジテーション演説専門というほどの意味だが、誰かが希代のペテン師と呼んでいた。

フィルムを預かる人物は、水嶋ということで落ち着いたという久仁子の話もうなずけた。

当時「年齢不詳、元右翼、何をしているのか何故か高収入」という噂を聞いたことがある。金が入ったからと、当時の貧乏学生が行ったこともないようなレストランに、久仁子と連れられたことがある。何でも好きなものを注文していいと言われ、菜苗は小さな声で「ハンバーグ」と言った。水嶋は笑っていたが嫌味のない笑いだった。水嶋と久仁子はステーキを注文し、三人で大きなジョッキの生ビールを呑み、それが空きっ腹にやけに効いたのを憶えている。

それから歓楽街に繰り出し、バーだかスナックだか知らないが、女性が何人もいる店へ行き、いいのかないいのかなと思いながら、菜苗は金のことばかり気にしていた。

この店でこんなふうに呑むと一体いくら取られるのだろう、さっきのレストランも合わせると、どれくらいだろう。ああ、私の生活費の一か月分以上に違いない。そう思うと頭がガンガンして来て吐き気を催した。

終電車が出てしまっていて、タクシーで送ってもらったのだった。何ともったいない、そう思った。

水嶋の年齢はそれほどではなく三歳違いであること、元右翼なんかではなく高卒就職の後大学に来たこと、高収入は事実で当時の大卒初任給の三倍の月収があるが、それはフル・コミッション制のサギまがいの行商だということ、のちに隆士からそれらを聞いた。

あの大散財が水嶋流の意思表示だったの？　それはないでしょう……と菜苗は思う。


「惚れてたなんて、ウソおっしゃい。でも面白い人だったよね。何か学生っぽくなくて」

「うーん。ぼくは深い付き合いあった訳やないからな……よく知らんけど。上映会の日彼がフィルムを預かるとなって、皆が納得したとき、ぼくも吸い込まれるように納得していた、不思議な男だな。はっきり憶えてるのは全共闘結成直前のクラブの諸君へというビラ、ハッタリなのか本音なのかよう判らんビラと、ほら六九年六月の文学部学生大会。あの時のケッタイな演説！　ぼくらは撮影してたんやな」

映研は「報道」の腕章を着け撮影を再開する。各学部で無期限ストが決議されて行く。クラブの学生会脱退も進行している。全学バリケードストに向かって雪崩が始まっていた。

大学当局と学生会は次々と手を打ち、各所で小競り合いも頻発している。

イの一番にスト決議を上げると思われていた文学部が、もたもたしていた。他の学部は五月初旬から中旬にかけて次々とスト決議を上げていた。

六月にはいっても七学部のうち文学部だけがスト決議に到らない。全学バリケードのスケジュールが確定していたのかどうか菜苗には分からない。が、他学部はひやひやして見守っていたことと思う。

考えてみると、あの学生大会には菜苗、隆士、久仁子、水嶋、増本、そして撮影していた公平……みな居たのだ。

その日、文学部第一教室は喧騒と怒号が渦巻くリングサイドであった。映画「アラビアのロレンス」に登場する奪還したダマスカスのシーン、延々と続くアラブ国民議会を思い出したのか、梅雨時だというのに、菜苗には砂埃の臭いがした。

バリケードストの是非を巡って、学生大会の論戦はすでに三時間に及んでいた。比較的整然とスタートした論戦は、やがて些細なことを含むそれぞれの怨念にまみれ、今すぐにでも暴力に転化する危機さえ孕んでいた。

ストを提起した側が掲げていた、いくつかの要求項目について菜苗は思い出せない。多分、大学の諸事業への学生参加や、大学運営の各種不明朗事項の開示、学生会改革といったことだったと思うが、そうした「ストの理由」に関する論議はどこかへ吹き飛び、もっぱら三つの勢力＝というより三つの傾向＝の罵倒合戦と、四つ目の勢力による観戦が延々と続いていたのだった。

菜苗の理解では四つの勢力とは、この大学では伝統的に力を持ち、学生会を支配している当局お墨付きの右翼学生。某政党の学生組織の学生。そしてバリケードストを提起している文学部闘争委員会＝文闘委の学生。この三つはそれぞれほんの一握りのグループであり、その三つに何らかの理由でたまたま組しない学生＝マスコミ用語に言う「一般学生」＝がいわば四つ目の勢力であり、この学生大会の趨勢を決する立場にあった。

言い替えると、三つの勢力のどこが四つ目の勢力の支持を、どんな弁舌とどんな雰囲気によって取り付けるのか……もし、この大会に見せ物としての価値があるとするなら、それはそこにしかない。多くの者がそう思って成り行きを見守っていた。

当時、全国の大学でバリケードストが激発しており、その年の初めには東大安田講堂攻防戦があり、以来この大阪の片隅のK大学でも、ある種の気分が醸成され全共闘結成に向かったのは事実だ。

七〇年を前にこの国と世界の政治が語られ、革命言辞が飛び交っていた。

時代の雰囲気……それは誰も否定できまい。

文学部がイの一番にスト決議をあげると思われていたのには、理由がある。その年の初め、文学部闘争委員会＝文闘委が東大闘争に呼応するという形で、学部などに対していくつかの要求項目を連ね、正規の手続きを半ば無視し、わずか十数名で強引に単独バリケードストを決行したのだ。東大に機動隊が導入される前日のことだった。こういうのを山猫ストと呼ぶことを、菜苗は後に知った。

他学部からは期待され評価されても、そのバリケードが、わずか半日で多数の学生によって撤去され、文闘委のメンバーは右翼学生に追い回され大阪中を転々としたことを、菜苗は知っている。

他ならぬ菜苗こそは、その逃亡支援のメンバーの一人だったのだ。そして今、その山猫ストとその後の逃亡が槍玉に上がっている。

スト前日、ふらりと立ち寄った学生食堂で、あすストになるかもしれない、今夜準備するけど来るかい？　と言われた。映研を退会した「博士」増本だった。

学生大会は文闘委が二つの勢力から集中砲火を浴びせられ、四つ目の勢力からも見放されようとしている。形勢はほぼ明らかだ。

「君達は、あのデタラメなストを強行し、しかも主義主張もかなぐり捨て、闘争を放棄し学友を見捨て、荒れ果てた学舎を顧みもせず、ひたすら逃亡したじゃないか！　そんな無責任な君達の提案をいったい誰が支持するというのだ！」

集中砲火の内容のひとつひとつは、菜苗には自分への正当な非難として聞こえた。

菜苗は思った。ああ、文学部ではスト決議は上がるまい。確かに私たちは恐怖の中、大阪中を逃げ回ったのだ。

あの翌朝、ストはどうなったかなと昼前学舎へ行ってみると事態は終わりかけていた。

建物の中からのハンドマイクの声は、学舎を取り巻く罵声にかき消され聞こえない。半日で撤去され、放水で水浸しになったバリケードの残骸は、自分の心のようにみじめな姿を寒空にさらしていた。気が付くとバリケードに横付けされた「救援」の車に封鎖した学生に混じって飛び乗っていた。それは無謀なバリケードストへの批判や恐怖を越え、彼らの闘いに賛同したからではなく、敗北への予感からだった。この闘いはすぐ負ける。負けるからこそ、今うなだれて去って行く彼らを見送ることは出来ない。奇妙な感情だった。

その後隆士たちの一種の逃避行にしばらくは付き合ったが、春からのこの夏に向けた準備には参加しなかった。隆士たちにとっては、再起を賭けた取組みだったかも知れない。

再起もなにも、私は一度めそのものが起きてはいなかったのだから……。

だが、菜苗は思う。にもかかわらず、半年前の山猫スト、その封鎖した側の一員であったことから逃げるつもりはない、と。


文闘委のメンバーの弁明が続いている。

「主義主張をかなぐり捨てたのではない。多数の暴力を跳ね返す力量がなかったのだ」

「逃亡したのではない。学内は制圧され戻れなかったのだ。反撃する陣型を構築出来なかったのだ」

いずれも誠実な反証とは言えまい。誠実に言いたい。だが、二つの勢力の言い分は闘おうとするものへの敵意に満ちている。誠実に語ることは、武装されたその敵意の中に素手で乗り込んでゆくようなものだ。

採決だ、投票だ、と決着を促す声があちこちで上がり始めた。

もうダメだ。負けるだろう、負けるに決まっている。今採決すれば、おそらく八割以上の反対で否決されるだろう。議長が討議打切りの動議を巧みにかわし、議場に倦怠の香りが立ちこめ始めた。

弁明に皆が白け、文闘委の面々には焦燥感が漂い唇が乾き、発言する気力さえ萎えている。

菜苗がもう限界だと思ったそのときだった。「議長！」と誰かが大きな声をあげた。

「はい。どうぞ」議長が指名する。

振り返ると、後方の席から菜苗もよく知る男、肌黒の男が壇上へゆっくり歩き始めていた。

水嶋丈一郎だ。ハンバーグを御馳走してくれた水嶋だ。

そういえば、しばらく見かけなかったな、仕事で跳び廻っていたのだろうか……。その時ふと思った。初めて隆士を見かけたとき、両肩に大きなスピーカーを2台かつぐ隆士を従えるようにその横に立ち、マイクを手に演説していたのは間違いなくこの水嶋だったぞ。その再発見に気付き壇の横に陣取った文闘委の中の隆士を見た。

水嶋はゆっくりと壇上へ進み、演台のマイクを指先でコンコンとたたいた。その全ての動作がドサ回り劇団の座長のように、滑稽なのにどこか堂々として見えた。

その雰囲気に圧倒され、菜苗は彼の言葉を待った。

五、交差点

大阪東部河内と呼ばれる地域は、大昔浅い湖の底だったという。海水と淡水が入り混じった湖で、東は生駒山、西は大阪市内の上町台地、南は大和川近辺……これらに囲まれた地域がすっぽりカバーされる大きな湖だ。それは、北部丘陵の手前今の新幹線あたりの細い水路で大阪湾に通じていたという。

実際、奇妙なところで貝塚が発見されたり、この国の各種伝承と一致したりする。現代にいたってさえ永らく、いや今も排水事情が悪く、水との闘いがこの地域の歴史であったという。地盤が弱く、高層の建物は近年の建築技術によって、ようやく建ち始めている。

水嶋が営む工場はこの地域のど真中、東大阪市にあった。

電車とバスを乗り継ぎ、予定通りの時間にバス停に着いた。が、隆士がＦＡＸして寄こした地図を頼りに工場を探しあぐね、菜苗が辿り着いたのは約束の時間を三〇分も過ぎていた。

「ちょっと遅れるので、申し訳ありませんが、お待ちになって下さいとのことです。さきほど社長が出先から電話してきましてね」

金属製陳列器具を作っているという工場の二階、中二階のようなその事務所には事務員と、今応対した菜苗と同世代の男がいた。

男は、製図台に坐り、製図台の後から首を出して言ったのだが、何の図面を引いているのだろう、電話中の事務員の代わりに応対したのだった。

階段を登るとき見渡すことが出来た階下の工場には、五人前後の作業服の男女が大声で談笑しながら働いていた。

東大阪、この地域特有の街工場地帯だ。研一たちの工房が満杯で製作が間に合わないときに、外注製作する家具工場をこの近くに訪ねたことが何度かある。何ともいえぬ肌ざわりのある街、嫌いではなかった。

仕事柄、この街で社長と呼ばれる男たちの、仕事の確保と金策を巡るその労苦を知らないわけではなかった。久仁子の言う「あの野郎、今や社長よ」との評は一面的にすぎる。

事務員が出した粉っぽいインスタント・コーヒーを、残すのは悪いと思い飲み切ったとき、水嶋が帰って来た。

「いやぁ、久しぶり……。梶村菜苗？」

「何言ってんのよ。昨日電話で話したじゃない。それとも、よほど変わったかな……私。そりゃ三十年も経てば、お互いおじさんおばさんよ」

「ノーノー、あんたは変わってないよ。オレはほれこの通り」

水嶋は頭を倒し、頭の上をグイッと見せた。たしかに随分薄くなっていた。

「あなたも変わってないよ。その横顔、黒い顔……一緒だわ」

「いやぁ、会いたかったね。よし、今日は仕事切り上げてパァーッと一杯やるか……」

「私時間もないし。とにかく昨日電話で言った……」

水嶋は菜苗の言葉をさえぎり、わかってるあとであとでと言って、「ちょっと五分待っててや、客に電話するから」と言いながら、自分のデスクに行ってしまった。

予想通り、電話は長引いた。

あの学生大会で演台のマイクをコンコンとたたいた水嶋と同じく、今日の彼もやはりドサ回りの座長だった。頭は薄くなり腹は出ている。いっそう座長らしくもある。

相手は元請メーカーだろうか、水嶋は時々舌を出し製図台の男と目配せしている。謝っているようでもあり、開き直っているようでもある。一流の話術なのか、天性の誠意なのか。


座長の大演説が甦る。

議長に指名され、後部の席からゆっくりと歩く水嶋。やがて演壇に立った水嶋がコンコンとマイクをたたいた。

「諸く~ん。諸君の言う通りだ！　彼らは逃亡した！　間違いなく逃亡したのだ」

議場にざわめきが走った。誰もが「逃亡」という言葉に我が耳を疑った。水嶋の口からその言葉が出るか？

「文闘委の先程からの弁明には誠実のカケラもない。あれは逃亡だった。ハッキリとした逃亡だ」

拍手が湧いて、議場は騒然となった。

文闘委のメンバーが水嶋にヤジり、それに向かって二つの勢力がまたヤジる。菜苗は隆士の反応が気になり、彼の表情を追った。彼は何故か黙っていた。

ひとしきり拍手とヤジが続き、水嶋はまるでアメリカの演説風景のように、「静粛に」との合図の手をかざし再び語り始めた。

「諸君。僕達は逃亡した。逃亡した僕が言うのだ、間違いない」

次の瞬間、あれ？　と菜苗は思った。一月のバリケードにもその後の逃亡にも、彼は居なかったはずだぞ。確か地方へ長期出張中だと聞いた。「僕達」とはどういうことだ。

「諸君。僕達は逃亡した。だからこそ……だからこそ今、今こうして戻って来たのだ。諸君！　諸君とともに再び闘うために……」

みんなの背筋が伸びたように思った。

文闘委のメンバーはあっけにとられている。議場にはその場の誰によっても抗することの出来ない流れのようなものが生まれていた。

「諸君。間違ってはならない。稚拙で貧弱なあの闘いに、当局の暴力装置と手をむすび敵対した者たちに、僕達が非難される筋合があるだろうか？　僕達が非難されるべきは、今こうして共に闘おうとしている、そしてあのとき共に闘おうとした諸君、諸君らによってである。だがしかし、もし許されるなら……もし許されるなら、今ここから起ち闘おうとする諸君の隊列に、逃亡から帰還した僕達を加えてはくれまいか？」

込み上げる感情を自覚出来た。

「そうして、組み立てようではないか。あの闘いと、K大一〇〇年の暗黒の歴史に終止符を打とうとする今日の七学部全体の闘いに、一貫して敵対して来た者たちと再び闘う隊列、二度と逃亡することのない強固な隊列を……」

何が何だか分からない。菜苗も熱くなる自分に気付いていた。一体どうなったというのだ。議場は拍手と喚声に包まれ、瞬時にして形勢は逆転していた。

水嶋はまだ演説をぶっていたが、議場はもはやそれを聞いてはいなかった。振り返ると久仁子が周りの男子学生と握手している。隆士が苦い表情で壇上の水嶋を見上げていた。

熱狂のような雰囲気の中、議長が採決を宣し投票が始まった。

開票……七割を越える賛成票を得てスト権が確立した。

水嶋は結局一月の山猫ストの顛末を語りはしなかった。半日ももたなかったとはいえ、この大学では初めてのバリケードスト、その推移をあるシンパシーを持って凝視していた者もいただろう。あるいは、いま馳せ行き身をもって「闘争」に参加しようとした者もいただろう。が、彼ら、いや菜苗を含む彼らは確かにいなくなっていたのだ。

採決の後祝福の拍手が激しく続いた。壇上に並んだ文闘委の中央に、何故か水嶋が立っていた。「逃亡という汚名も、その痛苦を共有する人々と共に噛み締めようと思う。諸君、文学部は再び七学部の先頭に立って闘おうではないか！」

立ち上がって肩を組む者たちの喚声が議場に響いた。

こうして文学部六九年度臨時大会は終わった。

菜苗は水嶋と食べたハンバーグの席を思い出していた。私が水嶋の懐では足りないほどのものを注文していたら、彼はどうしたのだろう。

菜苗はスト決議を歓迎しながら、一月の山猫スト後の逃亡劇にそれこそほとんどはずみで、何も分からないまま参加したことを振り返った。

あの後しばらく隆士らの逃亡に付き合いはしたが、やがて春からの彼らの「再起」の準備はもちろん、今決議されたストに向かう諸活動にどうしても参加出来なかったのだ。

学内のことでさえ、バリケードや物理的戦術を伴う形について自分を説得出来ない上に、この国や世界を対象に語られる数々の「革命論議」はそのひとつひとつの言葉の意味さえ理解出来なかった。

自分が彼らの何かにある共感を抱いているとすれば、それは何なのか。自分のなかで不定形にくすぶるボヤと、彼らのカッコ付きの「信念」がどこかで交差するとしたら、それはどこでどう交差するのか。

それは三十年近く経った今もよく分からない。

そして思う。私を含め、あのとき投票した者にとって、その後の文闘委の「闘い」も、その前段の一月の「闘い」も、そこからの逃亡といわれている時期の苦渋も、所詮は他人ごとだったのだろうか。

水嶋はあのときの、情熱と呼ぶにはどこかうさん臭く、政治と呼ぶにはお粗末な、自らの詭弁を充分承知していたはずだが、その源はどこから来ていたのだろう。

ようやく、電話を終えた水嶋が来た。三〇分経っていた。

「ごめんごめん。待たせたな。さあ行こうか。またハンバーグ食わせたろか?」

といって、ケタケタ笑った。

人徳というやつだろうか、菜苗は全く悪い気はしなかった。

「まず旨いもん食って、そのあといい店に連れてくよ。隆士は八時頃になると言うてたから、店を教えといたよ。あいつも大変やな、受験生相手の商売で……」

あーあ、また梯子か、どうせ女性が沢山いる店なんだ。

しかしこの事態は予想の範囲だった。菜苗は工房の研一に、遅くなるからと電話して出て来ていた。

女二人高校時代の同級生同士でやっている店だと案内されたそこは、「家庭料理」と書かれた小さな看板と麻ののれんがかかった、粋な作りのカウンターだけの店だった。

水嶋がカウンターの女性に、菜苗を指して大学の同窓なんだと紹介した。厨房からもう一人の女性が「あら、いつも言ってるあの『あこがれの君』ってこの方?」と顔を出す。水嶋はそうそうと言ったが、目がそれは別の人だと語っていた。あこがれの君……それが誰なのか少々興味があった。

水嶋はまるでこの店の影のオーナーだと言わんばかりに、その料理や内装を自慢した。本論に入ろうとすると、やれ乾杯だ・やれこれは旨いだろうと繰返し、巧みにそらす。

三〇分も経っただろうか、菜苗は言った。

「水嶋さん! で、フィルムはどこ?」

「あーあ、ああそれね。それそれ。思い出したんや、九三年かな、とにかく三・四年前や。ほら吉田、法学部の吉田って知ってる? あいつに預けた。オレも会社や家がゴチャゴチャと色々あってな、ちょっと預かっておれん状態で。間違いない。吉田に預けた」

「思い出すのが遅過ぎない? 久仁子から連絡もらってたんでしょ?」

「そりゃ、それだけを気にしてる者にとっては遅いかもな。オレもちょっと遅いとは思うよ。けど、思い出したんやから、それでよしとしてや」

たとえ会社や家に難題があったとしても、誰に預けたのかを思い出すのにこれ程の時間を要するとは思えない。不自然な話だったが、菜苗はその吉田という男の連絡先だけを聞き、フィルムの件はもう切り出さないと決めた。

その店は水嶋が自慢するだけあって、出て来るものの全てに作り手の気持ちが感じられ、菜苗を満足させた。

昔、水嶋に御馳走してもらったハンバーグ、多分まずいものだったろうにあれはあれでおいしく感じたな、菜苗はクスッと笑った。

水嶋の携帯電話が鳴り、隆士がさらに一時間遅れると伝えて来た。

水嶋が、少し早いが隆士に教えてある店へ移動しようと言い店を出た。

次の店は飲食街の中心部にあり、周囲のけばけばしいネオンやカンバンの中で、地味なサインがかえって個性的に目立っている。

途中で折れ曲がった地下への広い階段を降りると、地下はその店だけだ。かなり広い店内は照明が絞られており、ロングスカートのユニフォーム姿の女性が七・八人、多分経営者の思惑通りの清楚な感じを漂わせ、キリリと客の世話をしている。

長いカウンターの奥の席に坐ると、ママとおぼしき菜苗と同世代の女性が「あらまあ水嶋さん、連日ご苦労様ですこと……」と言った。その台詞が水嶋の目当ての女性の存在や、彼の来店頻度を示していた。

坐った席からは店内が見渡せる。菜苗はこの中のどの娘がそれなのかに興味を覚え、フロアを行き来する娘たちをそれとなく見た。この照度では見えないなと思ったとき、カウンターの内側から声がかかった。

「いらっしゃいませ。水嶋さん又飲酒運転？」

「いいや、飲食運転！」

呑む席での会話はこういう風に始まるのか。

カウンターを挟んで前に立った女性は、テレビで何度も見た女優に似ていると思ったが、その名前を思い出せなかった。

水嶋が菜苗を紹介し、前の女性が自己紹介した。

胸の名札にその名があった。


隆士がやって来て菜苗の隣に坐った頃には、菜苗にもこの女性と水嶋の関係を理解出来るほど、酒の力による会話は進んでいた。

隆士とは公平の件で電話でのやり取りはしていたが、考えてみると顔を合わすのはあの夏以来だ。だが、菜苗はそんな気がしなかった。酒のせいもあるのだろうか、公平の病院でフィルム探しを引受け、水嶋の工場の地図を求めて隆士に電話したとき、あんなにもドギマギしたのに……、今隆士を迎えた自分はこんなにも冷静だ。予備校の大教室で一度見たからだろうか……。

めっきり増えた白いものと、当時かけていなかった眼鏡とその奥のシワはそれほど意外ではなかった。

隆士は乗り遅れた場の雰囲気に萎縮し、水嶋とその前の女性に軽く会釈し、菜苗の耳元に小声で言った。

「あの地図分かった？」

「立派な地図だったわ。五分のところを三〇分歩かせてくれるダイエット地図！」

「ご機嫌さんやな。で、フィルムは？」

「大丈夫！　この色男がやっと思い出したのよ。工学部の吉田という人が預かってるそうよ」

前の女性と喋っていた水嶋が口を挟む、

「法学部！　法律の法。大丈夫かい、このハンバーグ娘が……」

隆士がキョトンとして言う、

「何やそれ？　ハンバーグ娘？」


菜苗は、隆士と水嶋も今回のフィルムの件で再会したのだろうと考えていたが、彼らはそういう挨拶はしていなかった。自分が隆士と長期の空白の後の再会の挨拶をしないのとは何か違う、それに自分たちはフィルムの件で何度も電話のやり取りをしたし……。

隆士はあの学生大会で水嶋の大演説に沈黙したように、今水嶋の泥酔と目の前の女性との一見してそれと分かる空気に沈黙しているのだろうか。

どこか奇妙な工場の経営者に至る水嶋の年月、ここでこうして呑んでいる「社長」の厳しかろう悲喜、あの夏隆士が大学を去り秋AZ作戦途上で逮捕されるまでの行程、その後予備校の講師となるまでの道。

菜苗は考える。自分には決して語り示すことのなかった、彼らの自負や負い目、通って来た陽が差す道や暗闇の道があるとしても、彼らがそれを独占し許し合っているのだとしたら、それは私がいまだに空っぽのまま置いてある私の箱の中身にも関わるものだ。

あの時代、そのほとんどがこちらに原因があるにしても、語ることの出来ない者たち、説明出来ないある「共感」だけでうごめいた者たちのことを、彼らは本当に知っていただろうか。

ああ酔ったな、呑む席では時間の経つのが何と早いなと思い、時計を見た。もう一一時を回っている。

「私、お先に失礼するわ。もうこんな時間だし……。」

「おいおい、それはないやろう」と水嶋が椅子から転げ落ちそうになりながら言った。

「菜苗には家庭も仕事もあるよ。それに若い亭主も……」隆士が言う。

隆士は今回の件でその後何度かの電話で研一とも会話していた。予備校に来ていた息子か？と聞かれ、あれは息子ではなく夫のようなものだと言った記憶がある。その時、予備校の大教室で父母相手に進路指導してるあなたを見たのよとは言わなかったな、そりゃそうさ言うもんか。若い亭主と言われ、研一を想った。「帰らなきゃ」と席を立とうとして、一点に眼が釘づけになった。目の前の名札に「秀美」とある。菜苗はカウンターに手をついて、彼女に言った。

「ねえ、秀美さん。それ本名？」

秀美はうなずいた。ここではみんな本名だ、この制服も店のこの雰囲気も本名もぜーんぶママのやり方だ。あたしはそれが気に入っている。それが彼女の答えだった。菜苗はさらに聞いた。

「ねえ、秀美さん。あなた能登から来た？」

「ええ、さっき言ったじゃないですか」

そうだった。隆士が来るまでの間、彼女と随分会話した。そのとき彼女は確かにそう言った。

菜苗は坐りなおし左右の男たちに言った。

「おい隆士、水嶋。団塊のオヤジども。呑むぞ、呑むぞ」

菜苗の大声に水嶋が拍手して囃した。

「淑女豹変す。ギャハハハ。ハンバーグ娘のこの成長はどうや」


店がハネるまでいたが、酔いがまわったのかそれとも言えなかったのか、菜苗は結局秀美に何も言わずただ呑んだ。

四人で店を出て階段を昇った。

菜苗と隆士の制止を聞かず、水嶋は「いつものことだから」と店の斜め前に違法駐車した車に秀美を乗せ走り去った。車がフラついているように見えた。危ないな……会社も家庭もあるのに……、その無責任さに苛立った。

隆士と交差点に向かって歩きながら、菜苗はやっと言った。

「顔合わすのはあの夏以来ね」

「いや君を見かけたよ、予備校で……」

「なーんだ、気付いてたの？ あなたらしいわ。あの広い教室でよく分かったわね」

「分かるよ。理君が入校したときから君のことは分かってたよ」

「あなたはそうやって何でも知ってるのね。知ってることを一人占めしてるとそのうちバチが当たるよ」

「もう当たってるよ、とっくに……」


「崖」の原作者……隆士。自慢の映画パンフの山を見せた隆士。二人でいるとき活き活きと映画を語った隆士。

あの学生大会のあと何度も見かけたK大闘争での行動する隆士。一緒に公平を見送った朝の隆士……。AZ作戦へと出発する数日前、部屋に来ても何も告げなかった隆士。

さっき隆士が隣の席へやって来たとき、あの夏以来という気がしなかった。それこそが、私の変わらぬ無知なのか。

菜苗は思う。やはり時間は経っていたのだ。

考えてみれば、私が知っている隆士はあの夏まで、それも一部なんだ。隠してか言えずしてか、隆士は多分大切なこと・自らの課題……何一つ語らなかったのではないか？　では、私はどうやって「共感」を確認していたのだろう……。

六九年の四月、当時大ヒットしたニューシネマと呼ばれた作品を観に行った帰り、隆士の部屋に立ち寄った。隆士がいつも学内の闘争・全国政治や国際状況などまるで語らないので、「隆士さんは、闘争より映画のほうが大切みたい」と言うと、まるでポケットから宝物を取り出す子供のように押し入れの奥からダンボール箱を出して来た。映画パンフレットの山だった。

隆士は「俺、映画というか表現者コンプレクスやな。創作できる人間がうらやましい」と言った。

全共闘結成に向けた準備が進んでおり、近々それは結成されると学内のあちこちで囁かれていた。それよりも隆士が関わっていた「組織」がこの時期重大な岐路にあり、その内部で路線を巡って激しく揺れているという噂の方が気になったが、何も聞けなかった。

隆士は数ヶ月後の作戦への出発までこの件について語ることはなく、映画の話ばかりしていたように思う。ある選択が重く厳しく、私と過ごした時間は無意識にその苦渋を癒す為に作った時間だったとでも言うのだろうか？　失礼な……と、今菜苗は思う。


映画好きからか、本人の言う表現者コンプレクスからか、隆士の映研など表現活動をするクラブへのスタンスは独特だった。

やがて結成間もない全共闘は各クラブの学生会脱退をありとあらゆる方法で推進していく。彼らが未脱退クラブに公開討論という名の圧力をかけようとした時、討論に応じないクラブに押しかける動きが始まる。隆士はそれに「政治の死だ」と猛反対し、結局中止になったという。

映研が学内の闘争を撮影し始めたとき、全共闘の多くの学生から非難が集中する。テメェら何だ！　どういう立場だ！　いままさに当局・右翼と我々が血みどろの闘いをしている時、それを第三者的に横から見物する、そのあり方は一体何なんだ！　糾弾、撮影中止！　隆士と公平が話し合ったという噂があった。が菜苗はその噂を信じてはいない。全共闘というものが、この種のことを、誰かと誰かの話合いでかたをつけるとも思えなかった。

映研の撮影が、ある種の糾弾で停止したのは、スタートから二日間だけだった。

三日目、映研の各メンバーは腕に「報道」の腕章を付け再登場、久仁子も腕章姿であわただしく走り回っていたし、知っている友人や先輩もいた。何故か全共闘の糾弾はなくなっていた。記録を撮る、それが合意だったのだろう。

交差点に来ると深夜でも次々来るタクシーはすぐに拾えた。隆士にうながされ、菜苗が先に乗った。

行き先を告げ振り向くと、手を振っている隆士が見えた。その自然な微笑みがうれしかった。

菜苗は小さく頭を下げ、それに応えた。

研一が待つマンションの近くまで来たとき、水嶋が別れ際に言ったことが気になりだした。

秀美と車に乗り込もうとして水嶋はこう言った、「この人の娘、三歳になる美和という娘を夜間保育所に迎えに行くんや。そして母子を送り届ける。オレの日課。オレは単なる運転手や」

研一の言ってた団塊のオヤジ、武勇伝の全共闘オヤジとは水嶋なのか。何だあの野郎。

いや待てよ、研一は子供はいないと言ったぞ。人違いか。能登という地名も秀美という名も単なる偶然か?

車を降りて、歩こうとしたら脚がもつれた。

階段に腰掛け、ここ幾日かで出会い会話した公平・隆士・水嶋の大阪ことばを思い出し心地よかった。仕事場のメンバーも同居人も大阪人じゃないし……。

昔、大都会だろう大阪への気後れとその奇妙な言い回しの軽妙さへの戸惑いを覚えながらも、大阪は嫌いではなかった。彼ら三人は大阪近辺で生まれ育ち、いま大阪で働いている。聞かされる大阪ことばは、近年お笑いを中心に全国区になった大阪ことばとは違う響きがあった。もしそれを文字にすれば、大切なことの向こうを垣間見せてくれるだろうか、それとも大切なことまで台無しにするだろうか……。

研一が降りてきた。

「タクシーの止まる音がしたよ。あんた酔ってるな」

研一に抱えられ、階段を昇った。

六、終刊号

①

地下鉄を降り、帰宅を急ぐホワイトカラーの流れと逆に階段を昇った。

地上に出ると、大阪一のビジネス街の各ビルから、そこで働くビジネスマンが溢れ出て来る。若いOLが意外に多いことを菜苗は初めて知った。彼女たちは息子理とそれほど違わない世代のはずた。菜苗は、社会に出て働き始めた者が短期間で獲得するその危うい「大人ぶり」に安堵した。吉田が外ではなく勤務先を指定したのは、この圧倒的なビジネス世界を背景に、私を威圧する為なのかと疑った気持ちが、その安堵によって和らいだ。

エレベーターに乗ったときには、来週以降と言う吉田に、「出来るだけ早く」と言って今日にしたのは自分の方だったと吾に返った。

受付係はすでに退社しており、受付カウンターにはそれぞれの部署に直接内線電話をかけるよう表示されたプレートが置いてある。

聞いていた部署に電話すると、本人が出た。

「梶村さんですね、お待ちしてました。そこを右に進むと、右奥に商談室があります。すぐ行きますから入っておいて下さい」

菜苗は仕事を通じてこのクラスの企業を訪ねたことなどなかった。

菜苗の会社では最近になってようやく、衛星都市の市施設や駅前開発に絡んで商工会を相手にしたり、マンションの設計で中堅ゼネコンとの取引はある。それもこの不況で減ってはいるが……。

菜苗自身はもっぱら注文建築のそれも家具インテリアに絡んで、個人建主に会う程度であった。必要以上の緊張の中に居る自分を感じ、それが適度に心地よかった。

商談室の大きな窓から、横道を挟んだ隣のビルの同階が真正面に見える。会議テーブルを挟んで一〇数人の比較的若い社員が坐り、正面に立つ管理職らしき中年の人物が、白板にマーカーで書いた内容を説明していた。

終業してからこうして会議しているんだ、みんな大変だなと思ったとき、ノックして吉田が入って来た。

一部上場企業の企画部長という肩書からは想像しにくい風貌だった。ボサボサ頭にノーネクタイ。シャツを肘までたくし上げ、手にボールペンを持ったままだ。

「お向いさん会議好きでね、あれが三時間は続くんだよ。うちなんか、若い者があれではついて来んよ」

「みなさん大変ですこと」

「そうですね……。で、水嶋が僕に預けたというフィルムの件でしたね……。いや電話でお話しした通り、僕の手元にはありません。ただ、お会いしようと思ったのは、あなたが何故それを探しているのか、お聞きしたかったもので……」

撮影者が入院し、是非ともあのフィルムを戻して欲しいと言っている。あのフィルムはかつて半ば強奪されたものだ。それらのことを強く打ち出せば、ますます「何故あなたが？」という問に答えられなくなる。迷ったが、たまたま頼まれたもので……というところに留まった。

自分にも何故私が？　という問に明確に答えられている訳ではない。それはフィルムに辿り着くまでの行程の中で、ひょっとしたら答えられるかもしれないことだった。

「僕、あなたのこと見憶えありますよ。文学部が山猫ストして谷口ら文闘委がカン詰めになった時。憶えてません？　僕ら法学部や他のメンバーとで救出に行ったの……。ほら、学舎の裏に車二台で行って、飛び出して来たみんなを乗せてビューンと走ったでしょ。あの時のウンテンシュ……。六九年一月でしたね」

吉田は自分の顔を指差して、運転手という言葉だけをゆっくり言った。

菜苗は吉田のことをすぐには思い出せなかった。

またたく間に撤去され、放水で水浸しになったバリケードの残骸と、それを見る自分だけがあの時の記憶だ。

あの時、故郷の父母・映研のメンバーそして公平を裏切っているような気持ちが込み上げた。一方その山猫ストに無謀を感じ敗北を予想しながら、立ち去る彼らを放っておけないという奇妙な感情だけで車に飛び乗った自分は、彼らからも遠い存在であるに違いないと思った。映研に戻れまい、そうも思った。

多分その心の未整理に混乱していたのだろう「救出劇」の記憶はあやふやだ。

吉田は手にしたボールペンで頭を掻きながら、坐り直すようにして菜苗を正視した。

吉田は「大変失礼かも知れないが、怒らないで下さいよ」と前置きし、「いえ、どうぞ言って下さい」と菜苗が応えてから、ひと呼吸して語り始めた。

卒業した翌年にこの会社に入りましてね。親父のコネも多少ありました。多分今あなたがしていることを、僕は入社までの一年の間にしていたように思う。僕なりに苦しんだようにも思う。僕はその作業をまぁ途中で放棄して、ここに入社した訳です。

企画部長と言えば聞こえはいいが、今もそうですがこれからも、明日は窓際という毎日なんですよ。部長になるまでにも試験をくぐり抜けそれなりの成果も上げ、人並みに努力はしました。ただ、企業というものは、これは業務上のこととこれはビジネスといわば割り切っていて、気分と現実をごっちゃ混ぜに束ね何かを為そうという下心からは卒業している。

この二十五年、そんなことを思い知らされましたね。

菜苗に、淡々と語る吉田が歩いてきた道への異論がある訳ではなかった。むしろ、企業の中で力を発揮しながら、いまこうして自分を正視して語る吉田の誠実に、正当派とでもいうべき者が持つ、底力のようなものを感じていた。

「私、遅いのでしょうか?」

「そんなことはないでしょう。田所君の頼みを聞きフィルムを探すということが、あなたにとってあの時代を整理する為に、避けられない作業だと今お話して分かりましたから……」

吉田はそれがフィルムだと知らず水嶋から預かり、自分には関わりの無いものだと次の日に後輩の井上に渡したと言った。

五年前、水嶋の勤務先の工場が倒産したとき少し金を貸した。水嶋は二年後その金を返しに来たとき、いま個人的にドタバタなので一九九六年まで預かってくれ、無理なら誰かに預けてもいいと置いていった。中身は何かと問うと、あとで開けてみてくれとのこと。

フィルムだと分かり、映研が撮影していたあのフィルムだと直感した。あの上映会のことも聞いて知っており、自分はあれは強奪だと思っていた。だから組する訳にはいかない。それに当時のフィルムを見る気にはなれない。水嶋に電話して、お前が持ち続けておれと言ったが、水嶋もいまは自分も重たいと言う。九六年には映研に返すんだから、誰かこの主旨を了解できる奴に預かってもらってくれとのことだった。で付き合いのある井上に説明し預けた。

「水嶋さんの会社が倒産って?」

「知らないの? 会社が倒産して元従業員で元の会社を引き継いでいる。ジャンケンで負けて社長職を押しつけられたなんて言ってたけど、実際はどうなんだか」

そう言えばあの会社、何か変な雰囲気だったな。あの応対した男、あの事務員、工場で働く連中……。

水嶋は九六年つまり上映会の二十五年後に、フィルムを返却しなければならないと考えていたのだ。

ほんの数日前、地下の店から秀美を乗せ飲酒運転で走り去った水嶋。

彼の本心が分からない。返却を考えながら、何故百合子や久仁子の問い合わせにはぐらかして答えるのだろう。

「残業でね。これから明日の会議の資料を自分で作らなきゃならん。若い奴に任せられんのじゃなく、自分に都合よく作っておきたいからね。吉田は苦笑して「会社まで来させて悪かったね」と言って、井上の連絡先をメモして手渡した。

吉田はエレベーターまで送り出て、「フィルムを田所君に届けてやれよ、それは君にとってもきっと自分の為になる」と言うと、エレベーターの到着までの沈黙を避けるように、「じゃあ」と戻って行った。

エレベーターの表示がその階になろうとした時、吉田が小走りに再びやって来た。

「梶村さん。ひとつ気になりましてね。田所君の病気、どうなんです？　実際のところ……」

「ええ、私もよく判らないんですが……」

「うーん。これは直感だが、ひょっとしたら……。そんなにフィルムのことを強く言うのは……」

そうか、そうかも知れない。そうに違いない。そして水嶋もきっと私同様、公平の病状の実際を十分には理解していないのだ……。

ビルの外に出ると、さっきの人波は途絶え、秋の夜雨が巾の広い路面と紅葉にはまだ間がある銀杏並木を湿らせていた。

電光ニュースが証券スキャンダルでまた逮捕者が出たことを伝えている。

以前新聞で読んだことがある。法曹界の事務職から、たまたま知りあった銀行幹部の引き立てで人生を賭けて入行し、その幹部に尽くし異例の出世をしたという男の破滅、企業への忠誠とそれに比例して受けた社会からの指弾。

その男が拘置所から帰還して語っていた。恩ある人と会社の為という忠誠心によって支えられた努力、家庭を顧みず重ねたその努力が、それを重ねるほど社会の信義を欺くことになろうとは……その結果一社員たる個人が、営み築き上げて来たものの総てを棒に振ってまでその罪を償わなければならないのか、と。

不正融資の一担当者と、いまニュースで流れている企業トップとでは、確かにその意志決定への関わりの度合いは違うだろう。

けれど、企業を生きることが自分を生きることだという構え、その空虚を埋める為に企業意志を評価していることにしてしまう在り方、そういう結果として企業崇拝につながる連鎖の中にあることに変わりはない。

菜苗は思う。さっき吉田が言った企業の持つ「成熟」への信頼や彼の危うい誠実を、からかうつもりもなければ疑う気もない。彼が水嶋の工場経営をある共感をもって見ていることも、公平のフィルムを求める執着を理解していることも、それは十分に感じ取れた。

もし吉田がその銀行にいたなら……その先を考えようとして菜苗は立ち止まった。

前を走る車が路面を薄く湿らせた水を撥ねている。

その音に重なるように聞こえた……昔は何も見えなかったからか何かに耐えていたからか、いまは社会への順応か過剰な自省からか、語ることを止めた者の声が……。

『あの時代の初期、僕らはひとつの偶然性によって、崇拝に至る無限連鎖から免れた短い一時期を持ち得たのかも知れない。あの大学ではまだどこか牧歌的で、企業ならぬ「党」の軛が学内を席捲していた訳ではない。奇妙な時間と空間だった。

水嶋はあのような詐術を弄し、僕たちはそれを利用した。

公平は上映会を阻止する為に帰阪し、にもかかわらず上映会の主催者となった。

それぞれ理由のあることだ。

その後見聞きしたことと直接体験したことの中には、耐えがたく今もって整理出来ないことも確かにある。その都度自らを納得させる理由がどこかから届けられた。やがてその届けも途絶えたが……。

けれどそれらの理由が、かの行員が企業の意志に抗えなかった理由より優っていると誰が言い切れるだろう?

もし僕達が偶然性というひと言で語っていることが、実は人々の努力によってこそ成り立つのだということを知っていれば……

だが現実には僕達のあの時期も、吉田たちが在籍可能な企業のあり方も、おそらくは文字通りの「偶然」なのだ。

残念ながら僕らのあの時間と空間は、多くの運動がその成立過程の初期に持つ天賦のものだったろうし、企業に於いてはおそらくそれは、職種や規模・業績によって決定される風土と、その風土を経営上得策だと考える経営者の思惑次第なのだ。早晩それが根底から崩壊することもほとんど明らかだが……』


地下鉄への階段を降りながら、菜苗はきょうの面談では決して見せはしなかったろう、吉田の会社部長としての日常を想像した。

あるくやしさが込み上げて来た。

あの時代の初期、自覚的ではないにしても、偶然性は人々の努力によってこそ成り立つという、その努力がどこかに在っただろうか……。

自動券売機横の公衆電話から、吉田からフィルムを預かったという井上の勤務先に電話しようと思った。改札の上の電光時計は八時前を告げていた。

明日にしよう……ホームへの階段を降りた。

十日後日曜日、井上は自宅近くの喫茶店で待っていた。

吉田に会った翌日井上に電話したのだが、彼は海外出張、結局前々日やっと連絡が取れこの日となった。

菜苗が公平を病院へ訪ねた翌々週のことだった。

山を切り拓き造成したニュータウン。土地柄だろうか、喫茶店のモーニングサービスで日曜日の朝食をとる、そんなファミリーがこんなに多いとは知らなかった。駐車場にはギッシリ車が停まり、店内は満席だった。

浅い免許歴の菜苗にしては遠出だったが、車で行けば三〇分なのに電車なら一時間半は掛かる、苦手な高速道には乗らなくてすむコースだし朝一〇時の指定、当然の選択だった。

面識のない井上を店内に探した。

男一人の客は二人だけだった。その内の一人は若者だ。もう一人に向かって会釈すると、男は折って読んでいたスポーツ紙を、そのまま挙げ合図を返した。


土木工事の重機や農業機器のメーカー直系の販売会社に勤務する井上。その出張先は熱い国だったのだろうか、彼はよく焼けていた。

「三週間ですよ、今回の出張。いつ迄こんな事させられるんですかね、全く」

「どちらへ……？」

井上は出張先の南アジアの二つの国名を上げ、自身の仕事をアジア行商人と自嘲ぎみに語りながら、結局勤務会社とこの国の技術を讃え、己の業務の大変さや商い額の多さを語った。話には二つの国の人心と技術水準や発展度をこきおろすという、おまけがついていた。あんなフィルムにどうしてこだわっているのかと問い、僕はあれを一時預かったこと自体迷惑だったのだと言った。

何年前だったか吉田に頼まれ預かった。呑み屋でバッタリ出会った水嶋と、ちょっとしたことで口論になり迷惑した。そもそも水嶋が保管していたものを、どういう理由でか吉田になすりつけたものだろうが。その日水嶋は「お前には預けておけない」とわめき散らし暴力に及んだという。水嶋はその場で後輩の安川に電話し「安川が預かることになった。明日安川がお前の会社へ行くから渡せ」と言うので、指示されるのはガマンならぬが、こちらもあんなもの預かりたくもないので承知した。僕がたまたまその呑み屋の女の子と親しかったので、水嶋はカッと来たようだった。これは内緒だがね……。

話は不自然だし水嶋への憎悪も感じられた。

井上は上映会のことも、半ば強奪したものであることも知っていた。

菜苗は入院中の撮影者公平が戻して欲しいと言っているそれを叶えてやりたいのだと説明した。二十五年で返却というのが約束らしいとつけ加えた。

「まあ僕の手元にないんやし、安川に聞いてくれや。ただ言っとくが、ダメやねあいつら、水嶋も安川も。終わってないんよ。いまも学生気分なんよ。卒業出来てないし、いまの現実、分かっとらへん。社会というもの働くということ、本当の意味での『生活』ということ。何も分かってへん。結局甘ちゃんなんよ」

「けど、私だって甘ちゃんですよ」

「女はええんや、女は。女は甘ちゃんでないと世の中うまく回らへんがね」

菜苗はこの男が「学生気分からの卒業」によって得たものの正体に出会った気がした。

「あいつら一回しか逮捕されてないからね。どっか違うんやな、やり残してるちゅうか、終わってないちゅうか……水嶋は呑んだくれのでたらめ社長。安川はいまだに何だかんだと動いてるらしいけど、人を集められてやせん。」

とうとう菜苗は声を上げた。

「あなた、やり残しがないって、じゃあ一体何をやり遂げたって言うの？」

震える手でテーブルに置かれた伝票を鷲掴みにし、菜苗は席を立った。

安川という男の連絡先を聞かなかったな「ええーっと水嶋に」と思った瞬間、あれれと考えた。

安川に電話しフィルムを預かるよう依頼したのは水嶋本人じゃないか。どうなっているんだ。久仁子や百合子の求めに白を切り、菜苗の追及で吉田に預けたことを不自然に思い出した水嶋。

フィルムが安川のところに行ってることを知りながら、吉田に預けたと言った水嶋。

安川という男の連絡先を水嶋に聞こうとふと思うほど、菜苗は平静を失い井上の話に吾を失っていた。

駐車場から車を出し急発進した。きょう今から水嶋に会おう。会って、「吉田・井上へと辿った私のこの二週間は何だったんだ、フィルムの所在を知っていて何故言わなかったんだ、久仁子や百合子さんにも何故すっとぼけたんだ」と、とっちめてやろうと考え走った。

ニュータウンからの道には、両側にまだ拓けていない小高い山や林が残っている。毎朝毎夕この道はひどい渋滞だと聞いていた。

旧市街とニュータウン。その間は未整備の狭い渋滞道路。それはまるで井上の言う卒業生の新生活と、終わってない者の旧生活との隔たりを結ぶ細道だ。未整備のはずだ誰だって手を着けたくはないさ、どちらからも恨まれる。菜苗はそう思う。

井上が言った言葉のひとつひとつが胸につっかえた。

もし逮捕歴で何かが決まるなら、井上よあなたはもっともっと逮捕されるべきだった。

もし集まった人間の数だけでその行動の価値を問うのなら、甲子園球場あそこはすごいぞ！五万人が来るんだ。東京ドームでもいい。

狭い坂道を下った。赤いスポーツタイプの車が強引に追い越して行く。見憶えのある車種だった。

旧市街地との境にあるスーパーマーケットにさしかかったとき、菜苗は直感した。

研一が言っていた全共闘オヤジは井上ではなかったか？

話の全てが符合している。研一は武勇伝を語る全共闘オヤジと秀美との関係を言っていた。井上は呑み屋での女性を巡る水嶋とのトラブルをほのめかしていた。水嶋はほぼ連夜秀美と三歳になる子の送迎に精を出している。研一が怒り、水嶋が暴力に及んだ相手こそ井上だろう。私だってどついてやりたい、そう思った。

きょう今から水嶋に会いに行こう。あなただって井上と同類じゃないのか、のらりくらりと引き延ばしているが、あなたはフィルムが安川という人物の手にあることの当事者じゃないか。

菜苗はアクセルを踏み込んだ。

②

木造階段の床板に塗られた油の香りと軋む音を、菜苗は懐かしく感じた。故郷の小学校では月に一度（油びきの日）というのがあって、その日は掃除の後全員の椅子・机を教室の後方に集めておくのだが、翌朝行ってみると床に油塗りが施されており、子供心に「わぁ、ピカピカだ」と感激したものだ。その香りと新しくなったように見える床を誰よりも早く体験したくて、いつもより早めに登校したことさえあった。

木造校舎の階段はところどころ軋み、そのなかでも東側の階段の音が一番親しみが持てた。その音は祖父母の家で聞いたことのある低い音で、他の階段の音とは違っていた。

いま安川のいる部屋へ同じ香り同じ音を感じながら向い、菜苗はこの建物この雰囲気の中に居る男を想像し期待した。

きのう水嶋と連絡が取れたのは夜一〇時を回っていた。フィルムは吉田・井上から安川に渡っており、そのことにあなたは直接立ち会っているじゃないか。最初に安川に渡っていることを、どうして言わなかったのだ？　菜苗は色々言い方を換えて詰問したが、水嶋は酔っ払っていて「好きにしてくれ」と言い放ち、安川の事務所さえ教えず、携帯電話を切った。

すぐに隆士に電話したが、彼は安川の事務所を知らず調べてみると言い、結局安川の事務所が判明したのは、一二時前だった。

そばでやりとりを聞いていた研一が「何のフィルム？」と聞き、フィルム探しの物語を遅くまでした。話の中で秀美という女性のことを喋ってしまわないかとヒヤヒヤした。

研一はこう言った。

「撮影者の気持ちは分かるね。早く見つかりゃいいな。けど、もし写ってる側のやつらがそのフィルムを大切だと思ってるんなら、それこそ団塊オヤジのいやらしささ。あんたがそんなのに巻き込まれるのはいやだね。あいつら何も作り出せなかったことを自覚してないだろ。I・T時代に対応出来ずやたら数ばっかり多い自分たちが、気の毒に今度は企業や社会で一番の邪魔ものだという自覚もない」

ノックして「なみはやユニオン」と書かれた札のかかるドアを開けると、電話中の男が受話器を塞いで「どうぞ……ちょっと待ってて下さい」と言い、椅子に掛けて下さいと合図した。

示された椅子は会議室などで見かける折り畳みのパイプ椅子で、使い古したものかパイプの所々が錆びている。

電話する安川は、七割がた白髪で長髪、口髭を蓄え度の強い眼鏡をかけている。

「お待たせしました。放ったらかしてすみませんね、……専従は一人なもんで。で、どうしました？　いやごめんなさい相談が多いもんで……。どちらさんでした」

「相談が多いんですか？」

「まあ。ほとんどは電話ですけど。いまの長電話も相談でした」

「どんな相談が多いんです？」

「まあそうですね、解雇とか賃下げとか嫌がらせ配転とか……。いわゆるリストラですか。退職強要、退職金払わないとか……色々あります。職場のセクハラもあります。未曾有の長期不況ですし、必ず弱い者に集中するんですよねシワよせが……」

「はあ？　ああええ、そうですね」

菜苗はようやく気付いた。そうだここはユニオンで、小さな職場で一人やごく少人数で困難に直面している人々の相談所でもあるのだ。誰かに聞いたことがある。この国の労動組合が何年か前に統一され、それまでもそうだったがそれ以降はますます、一人や少人数で企業の理不尽に苦しむ者の受け皿が無いのだと……。

そして多くの場合、皮肉にもその理不尽を通そうとする企業の側は、それこそ水嶋のような街工場の社長とよばれる男たちなのだ。

吉田の「企業社会の『成熟』への信頼」や井上の「アジア行商人」よりはそうした「社長」の方が、ここへの相談者に近いところに生きているのかもしれない。そんな「感じ」を持った。

「あのー、私、今朝一番に留守番電話に……」

「ああーそうでしたか。聞きました。水嶋さんの紹介でしたね『お出かけのご予定がありましたらお電話下さい。お電話なければ午後六時に伺います』ってやつね。よく憶えてるでしょう。えー確か梶村さん。はい、居りますので電話しませんでした」

「厚かましくてすみません。夜八時頃まで事務所にいらっしゃる場合が多いって聞きましたもので……水嶋さんからは何か?」

「いいえ連絡はありません。あなたからの留守録で彼の名を聞き、どうしてるかなとなつかしく思ったくらいです。どうしてます?」

「水嶋さん? どうでしょう、私よくは分かりません。東大阪の工場を先日訪ねましたが」

「ああ、あの工場ね。何とかやってますか?」

「だと思います」

安川という男が水嶋を信頼しているとは思えないが、理解者の一人であることは読み取れた。

「なみはやユニオン」というその事務所には、電話が三台あったが、菜苗との話の途中で何度も電話に出た安川は、その都度違う受話器を取りいくつかの団体名を交互に名乗っていた。財政厳しきいくつかの組織の共同事務所に違いない。

聞こえて来る安川の応対は、組織相談と言うよりは労働や職場に関する人生相談駆け込み寺・悩みごと受付所といった趣だった。

菜苗は思う。広瀬と離婚し理を抱え途方に暮れたとき、自分はたまたま社長の「広瀬憎し」の情に期待し職場復帰を果たした。多少の経験を活かし、仕事も何とかつかむことが出来た。だが、別の職場に就職していて、そこで一人では解決困難な事態に直面していたら……働くということの綱渡り性と切実さが、この齢になってようやく理解出来る。

安川の穏やかな表情はしかし、昔、力み返って語っていた菜苗が知る男たちとはどこか違っていた。

フィルムの話になり、菜苗は又しても水嶋が作った迷路に出交すこととなった。

「奇妙ですね。あれは去年の暮れに水嶋さんに返しましたよ。僕はちょうど映研との約束の二十五年目だからだと思っていましたけど……違うんですか？　映研に返してないんですか？　水嶋さん紛失したんですか？」

水嶋─吉田─井上─安川と渡り、そして水嶋に戻っていたのだ。水嶋は何を隠しているのだろう。昨夜「好きにしてくれ」と携帯電話を切ったのは、いよいよ私が水嶋本人へと辿り着くことへの苛立ちだったのか。

いずれ分かることを先延ばしした水嶋にどんな事情があるにせよ、自分にはそれを見届ける任務があるような気がしていた。

こんなにもあのフィルムに振り回されるとは……。苛立ち始めた自分を感じ、この任務を果たせるだろうか？　とひるんだ。

続けて、安川はゆっくりと語った。

「僕たちは水嶋さんや今お聞きした撮影者の田所さんでしたっけ、田所さんたちより多分四・五年後に入学しました。思うんですが、撮影者も含めていわゆる全共闘なんですよね、僕らに言わせりゃ。彼らのドラマはカッコ良過ぎません？　これは皮肉ですがね……。どうしようもなくエグい時期がやがてやって来るんですが……。他でもないカッコ良過ぎる前半それ自体が後半を生んだ、育てていた。そう思うんです」

「そうだと……思います。カッコ良いとは思いませんが……」

「僕はこういう仕事をしてて思うんですがね、全共闘はエリートだと。いささかの自信を持っているか、苦々しい想いが棘のように刺さっているかの違いはあれ、全共闘のチャランポランを顧みることもなく、その時期を自分たちの宝物として抱いているだけの人物によく出交しますよ。彼らは、身近な『職場の人権』にも目を閉じ耳を塞いで来た。もっとも、にもかかわらずと言うべきか、だからこそと言うべきか、今や団塊世代の管理職連中にリストラの嵐が吹いてますがね……。あなたのフィルム探しが、どうか田所さんに見せてやりたいという一点だけでのことであって欲しい。すみません、生意気を言いました」

「いいえその通りだと思います。でも安川さん……」

「どうぞ言って下さい」

「例えば私、私のようなあなたが今『彼ら』と呼んだ、その『彼ら』の中に含みようのない人間。そういう者が、この齢になってやっと、あの時の自分が何だったのかを見つけたいという衝動に駆られる。そんなこともあるんだってこと、分かっていただけます？」

「分かりますとも。かく言う僕も全共闘世代の直後の世代ですから。どうでしょう、多分大学に入ってからずっと、四年五年上の連中への批判を支えに生きてきたようなもんですし……、応援しますよ。けど、きっとあなたも『彼ら』なんですよ。きついかな……」

菜苗は安川に助けを求めるように、先日雨の舗道で浮かんだ言葉を言ってみた。

「あの時代の初期、偶然に手にしたある価値を偶然でないものへと育む努力がどこかにあったでしょうか？」

安川は言った「あったはずです」と。真剣な表情が心にしみた。

公平の為に動いているのだ、公平が病の床で求めているからだと納得して、きょうまで動いて来たのだった。だが、今ふと無意識に吐いた「分かっていただけます？」という言葉によって、病院でフィルム探しを引き受けたときの、糸のからまりのひとつが解けたような気がした。

そして思う、「ああそうだ確かに私も『彼ら』だ」と。

「この事務所もある事情で一部閉鎖一部移転なんです。これは閉鎖する方の団体の月刊誌。その終刊号です。よろしかったらお時間のある時に読んでやって下さい、僕の文章もあります。そう言って安川はその月刊誌を手渡した。

なつかしい音のする階段を降りようと足を運ぶと、パラリと開いたそのページに、安川の文章の見出しだけが読み取れた。「もはやキューポラのある街はない」ああ、社会のシステムと労働の在りようのこの三十年の凄まじい変化、「人々の共同」ということの組立てのその困難と格闘しているのだこの男は……菜苗は安川が言ったエリートという言葉の反対語を考えてみた。思い付かなかった。安川があのフィルムを「その気になれない」ので見ていないと言ったことが、何故か自然に受け止められた。

この約三週間の間に出会った男たちを思い浮かべた。

公平・隆士・水嶋との再会、吉田・井上・安川との出会い。それぞれが生きて来た四半世紀は、この国が歩んできた四半世紀と重なっている。この六人の中にさえ、この国の四半世紀が詰まってる。

公衆電話から病院の百合子にあの日以来の途中経過を伝えた。フィルムはもう間もなく手に入ると……。

百合子は急いで下さいと言った。初めて病名と本当に時間が無いことが告げられた。予想通りとはいえ、つらい話だった。

独りでは耐えらそうにない感情が込み上げる。

久仁子が待つあの地下の店に急いだ。

七、手紙

①

久仁子と会うのにこの店を指定しなければならない理由はなかった。

遅れるはずの隆士はもう来ていて、カウンターを挟んだ二人の前には、先日の女性がにこやかに接待している。

「いらっしゃいませ、菜苗さん」

「えーっ、いっぺんで名前憶えるの？」と久仁子。

「そりゃそうや、それがプロや」隆士がそう言いながら菜苗に椅子を引いた。

「プロだなんて、そんないいもんじゃありませんよ私。先日、印象的でしたから……」

「私もお名前憶えてるわよ、秀美さん？　そうでしょう？　こっちもやはり印象的でしたから……」

「何言うとんや。名札に書いてあるやろうが、見りゃわかるよ」

隆士は、秀美が僕たちをよく憶えているのは職業上の習性と、何よりも水嶋がらみの人物だからだと笑った。

フィルムが水嶋に戻っていることや、そこに至る事情について話そうとして、この店を選んだ自分の都合を後悔した。どうしようかと考えていると、隆士が言った。

「フィルムの話はまもなく水嶋が来るから、それからにしよう。それより久仁子の悲恋を聞いてやろうや」

「？」

隆士は安川の事務所の電話番号を調べ、菜苗に知らせたあと水嶋と会話しているのだろうか。それが昨夜か今日かはどうでもいい。だが、もしフィルムが水嶋に戻っていることを知ったのなら、知らせてくれてもいいじゃないか。私だってそれなりに忙しいのだ。今日も早めに仕事を切上げ、安川の事務所を訪ねたんだ。あなたはいつだってそうだった。何でも知っているんだ。

菜苗がキッと視線を送るのと同時に隆士が言った。

「フィルムのこと知ったのはさっきだよ。さっき水嶋から電話があった。昨夜のこと詫びてたよあいつ。フィルムは安川から水嶋に戻ってるらしいな」

「ゆうべ言やいいのに……あいつ」

「言えんかったんやろう。あとでゆっくり聞いてみようや。けど安川を訪ねて損はなかったやろう」

「うん、まあ……そうだ……けど」

「ならいいじゃない。フィルムを辿るは己を辿るってか？」久仁子が口を挟んだ。久仁子は酔っている。どどいつよろしく続けた。「惚れた男のフィルム探し、それを助ける愛しいお方、家には若いダンナ様、私しゃモテモテ女です」

「こら久仁子、引きずり込んだのはあなたじゃないの」

「やりたくなかったって？　今度の件。あなたに知らせない方がよかったって？」

「そうは言ってないわよ」

菜苗は撫でるように久仁子の背に手を当てた。久仁子は大人しくなったが、なお悪態をついた。

「このいい子ちゃんが。菜苗はずうっとこれなんだから……。まいっちゃうよ全く」

水嶋がやって来るまで、菜苗と隆士は大山教授の「偽プロポーズ事件？」をたっぷり聞かされることになった。プロポーズというのはどう聞いても、行き違いというか久仁子の早合点に思えた。


きのう井上と会った帰り道、追い越していった赤いスポーツタイプのあの車。やっぱり久仁子だったんだ。菜苗は教授の家があのニュータウンだったことを思い出した。

一度だけ訪ねたことがある。六九年一月のあの山猫ストのあとだ。何日かあと、数人で教授宅にお世話になった。山奥だなと車の後部座席から窓の外をぼんやり見ていた記憶がある。確か、奥さんの手料理をいただいた。だが、その前の記憶が定かでない。誰と誰がいたのか、どうやって逃げたのか、教授宅に行く日まではどこでどうしていたのか。

先週吉田が「あの時のウンテンシュ」と言ったときも思い出せず、今もボンヤリそうだったたかな……と思っている。だが、途中の記憶が途切れたまま、車の窓から見た山道と教授宅に泊まったこと、そして翌朝のことは憶えている。翌朝菜苗は隆士たちに帰郷を告げ、そのまま電車に乗ったのだ。

その後隆士たちメンバーは、下宿やアパートは捜索隊に急襲されそうで戻れないと自宅から来ている者の家を転々とするのだが、それにも限りがある。彼らは三組に分かれて行動したが、それぞれに知恵を絞って他大学の寮や無関係な旧友を頼って寝ぐらを確保していたという。

一方菜苗は、新学期を迎えても映研には戻らず、始まった「崖」の撮影を気にしながら、どこへも行けずやがて盛り上がり始めた学内の動きにも参加出来ず、あの学生大会を迎えたのだった。新学期から学生大会までの記憶といえば、隆士そして公平と過ごした時間、その奇妙な関係だけなのだ。

とうとう久仁子がカウンターに肘をついた。

久仁子には教授の返答がよほどこたえたのだろう、これまで見たこともない沈みようだった。離婚もその後の男との別れも、何度か聞かされはした。だが、元気に乗り切ったのではないにしても、菜苗に泣き言を言いはしなかった。

そろそろ水嶋が来るだろう。いや早く来てくれと入口に目をやった。

崩れかけた久仁子に秀美が声を掛ける、

「久仁子さん。大丈夫ですか?」

「いいのつぶれたって。家に待ってる人なんていやしないんだから、菜苗と違って……。知ってる？　この人なんか若いダンナが待ってんのよ、ケンイチって言うのそいつ。家具作ってんの、ちょっとカッコいいのよ。ねえ菜苗、そうだよねぇー」

秀美の視線を感じた。秀美が一瞬で視線を久仁子に戻したと同時だった、店の入口から大きな声がした。

「ただいま到着。水嶋丈一郎、諸君にお詫びする。フィルムはありませーん」

残っていた数人の客が、一斉に入口に目をやった。

菜苗はそれにはかまわず秀美に言った。

「この人ヤバイから先に帰らせます。タクシーに乗せてきます」

秀美は「それがいいと思います」と相槌を打ち、「そうなさったら……」と久仁子に声を掛けた。納得してないぞという表情のまま立って歩き出した久仁子を、抱えるように入口に進み、席へやってくる水嶋とすれ違った。

菜苗が水嶋の頭の上でゲンコツの真似をすると、水嶋は舌を出して「すまん！」と言った。かなり呑んでいるのか酒臭かった。

席を振り向くと、隆士がこちらを見て溜息をついたように見えた。

②

酒の後のラーメンがこんなに旨いとは知らなかった。大不況だと言われる御時勢、しかも午前一時なのにラーメン屋は満席だった。ラーメンならあそこがおいしいですよと秀美に教えてもらった店だった。

野菜を主体に取ったあっさりスープ。ほどのいい固さの麺。その上には、素速く炒めた野菜がたっぷり、分厚いチャーシューにはこってり味がしみ込んでいる。

さっき、きょうこそは全てをおっしゃい！　と菜苗に言われてもなお、「秀美と美和を送り届けて来るから、どこかで待っててくれ」と時間稼ぎをしていた水嶋。

秀美に「きょうはタクシーで美和を迎えに行きます。水嶋さん！　谷口さんと菜苗さんにちゃんと答えて！」と言われ、彼は観念したのだった。

その水嶋が今、菜苗と隆士の隣りでラーメンをすすっている。

水嶋が話し始めるのを待っていた。菜苗はラーメン屋では話しも出来まいと反対したが、男二人が食べたいと譲らず今こうして坐っている。菜苗はゆっくり食べ、間を作った。

「売ったんや、五百万で」水嶋が箸を器に乗せて言った。

「何を?」菜苗と隆士が同時に聞き返す。

「あのフィルムを……」水嶋が力なく答える。

「えーっ? 売ったって、どこへ?」と菜苗。

「あんなもの売れる訳ないやろう?」と隆士。

二人の同時の発言に水嶋が答える。

「売れたんや……。買いたい奴がおったんやな」

にわかには信じられなかった。あのフィルムが貴重なものだというのは、公平にとって、あるいは当時の映研にとってのことだと思う。もし映研や全共闘の人々の中に、貴重だ・見たいという者がいたとしても不思議ではない。しかし映研や全共闘に、金それも五百万も出して手に入れるという者がいるだろうか。それ以外の者ならさらに考えられない。

水嶋が言ったことが整理出来ず、菜苗はスープに浮かぶ野菜を見つめていた。

隆士が見ているのは、湯がき上がった麵を手際よく取り出すおやじの動作なのか、麵そのものなのか。

「金が必要やった」水嶋はラーメン鉢を見つめていた。そして続けた。「今もそうだが、あの時はもっと金が必要やった」

「ひとつ聞いてもええか?」隆士が言った。

「ああ……」

「買うたんは俺らの世代の人間か？　それとも……」

「お前が何を気にしているのかは判る。なんぼ金に困っても当時の支配者には決して売らん。信用したれや」

「そうか。それやったらええ」

二人の会話の意味が判らなかった。「何のこと？」とどちらにともなく尋ねたが返事は無かった。ラーメン屋を出て、朝までやっているというショットバーへと歩いた。

誰がどういう理由でいつ買ったの？　いくら買いたい奴がいたからといって、あれはあなたの物ではない。あなたに売る権利なんてないんだ。それは横領だ。そのフィルムを撮影した公平が、いまベッドでそれを待っているのよ。五百万用意して取り戻して来なさいよ。久仁子と百合子さんを欺き、私にだって無駄な労力と時間を費やさせて……全くあなたは何て人なの！　菜苗は何度も尋ねた。水嶋は黙って歩いている。

菜苗は思う。ラーメン屋を出てから、水嶋に詰問しているのは私だけだ。隆士は黙って歩いている。隆士は何故黙っているのだ。

「ねえ隆士、何とか言ってやってよ」

「うーん、誰が何故買うたんか……考えてる」

「何か思い当たることがあるの？」

「いやそうやない。そうやのうてあんな物を、世間はもちろん当事者たちにとってさえ最早何ら価値のないあんな物を、金を出してまで手に入れる……例えばそれはどんな場合なら有り得るのか、それを考えてる」

いま水嶋と並んで前を行く隆士の白髪から、再会以来一貫して熱いものを見せることのない彼に歯痒さを感じない訳ではない。

菜苗は思う。隆士とは、ほんの数週間前二十八年ぶりに最初は電話で会話した。何度か電話もかけあった。水嶋の工場を聞き、地図をＦＡＸしてもらった。次に秀美の店で水嶋や久仁子と共に会った。安川の事務所を調べてくれと電話もした。きょう水嶋に問い正すための援軍として隆士を店に呼んだのも私だ。

だが、どうして私はあの夏から今日までの彼の道について聞くことが出来ないのだろう。いや何を聞きたがっているのだろう。男が齢とともにある快活さを失い、シワや白髪の数だけの苦々しい記憶を重ねているとしても不思議であるどころかそれは当然だ。だが、だが隆士から何かを聞きたいという欲求は否定できなかった。

あの夏公平が去ったあと、数日後隆士は出発した。秋、ニュースでＡＺ途上での隆士の逮捕を知り、翌七〇年正月私は故郷に帰った。故郷で図書館に勤め再び大阪に戻り結婚し出産し、そして離婚した。男に語る道ではない。その折々の痛みは女である私自身のものだ。

男は自らの人生の蹉跌を糧として、その先を生きる知恵と力と場所を組み立てて行くのか。それはその男固有のかけがえのないものだと言うのか。それは「意地」や「プライド」と名付け呼び換えた、自己愛や自己弁明じゃないか。

では一体私は隆士の何を聞きたいのだろう。

そうだ。あの頃も、隆士の言葉と行動から社会を見ようとし、公平の映画に向き合う姿勢から表現者の気概を感じ取ろうとしたのだ。

見よう・感じ取ろうとし、何ひとつ掴み取ることは出来なかった。

いま又隆士の二十八年を聞きたいと考えてしまっている。


「隆士。ここからは自分でするわ。水嶋さんから何を聞いてもおどろかないことにする」

「うーん。しかし物理的に物騒なことは人の助けを借りろよ」

「物騒なことって?」

「いや考え過ぎかも知れんが、さっきから色んな可能性を考え、ひとつは政治・内ゲバ、ひとつは金銭・利権、そんな臭いがしている」

「物騒なことなんてないよ」水嶋が口をはさんだ。

隆士が振り向いて菜苗に言った。

「助けが必要なときは言うて来いよ」

振り向いた隆士の向こうに目指すショットバーのドアがあった。


十人も坐れば満席のカウンター、女性客ばかりが五・六人。仕事を終えたあとだろうか、疲れを癒す彼女たちの素顔はやはり働く者の顔だった。ゆっくりと煙草をくゆらせ吐く息は溜息にしか聞こえない。秀美がこうした余裕もなく、娘を迎えに行く姿がふと浮かんだ。

さっき「きょうはタクシーで美和を迎えに行きます」と言い、三人を送り出しラーメン屋への地図をメモ書きしながら、秀美が言った台詞が耳に残っている。

「菜苗さん。その若いダンナ様大事にしてあげて下さいね」

あなたの知ったことか、放って置いてくれとも思ったが、率直な発言に聞こえうなずいたのだった。

久仁子が何でも喋るからだ……とつぶやきながら、久仁子が酔いながらも鋭く関係に気付き、二人にそれを示したのだと思った。

互いの立場を告知出来た納得があったのは事実だ。久仁子に感謝した。

日曜日に井上に会い、今日月曜日は安川に会い、深夜になりフィルムはもうそこまで来ているのだが……もう日が変わって火曜日か……菜苗は疲れを感じ隣りの客に合わせて溜息をついた。

昔は深夜にこそものを想った。ラジオの深夜放送を聞き流行り歌を口ずさみ、誰からも絶対の必要を示されはせず、何ものにも「直接」向い会うことなく過ごした。その空虚を埋め合わせるように、「この世界はきっと私を向いている、世界よお前の方からやって来い」とでも言い出しそうな気分で生きていた。

いつだったか、すぐに終わるのではないかという不安を伴った予感と、永久に続いてくれという勝手な妄想の中で、こうしてカウンターに坐り生まれて初めてバーボンというものを呑んでいた。

やがてその妄想は左右の二人の男が醸し出す気まずい空気によって打ち砕かれた。決しておいしいとは思えず、一杯だけしか呑めなかったのを覚えている。両隣には隆士と公平が居た。

そこは金の無い学生が呑みに行く街で、K大学から都心への途中にある。五月だった。全共闘結成の直前、文学部がもたもたしていた時だ。映研がまだ撮影を開始する前だ。

菜苗はその日、倉庫の書類の片付けという三日間のアルバイトを終え、書店に立寄り結局何も買わずターミナルまで来て、デモ帰りの文闘委に出会った。

隆士や水嶋や知った顔がいた。学内の諸活動に全く参加出来ない自分を、その時は恥じていた。やあと合図をされ小さく手を挙げそれに応え、避けるように改札口へ急ぐと、隆士が近寄って来た。

「映画行こうか？　最終に間にあうかも……」隆士とは何度か出かけてはいたが、デモ帰りの彼らの中から隆士を盗み取るように思われそうで気乗りせず、金を持ち合わせていないとか時間が間に合わないとか言ったと思う。

デモ帰りの連中が「先にいくぞ」とホームに消えると、反対側から久仁子の声がした。

「こら、文闘委！　どこで女を口説いてる」

見ると映研のメンバーが階段を上がって来る。きょうは映研の重大な部総会だったと久仁子は言った。

それが映研が学生会脱退を決めた会議、公平が強力に押し進めたというあの決定を行なった会議であったことは後日知ったが、その時は「これから学内で起きるはずの出来事を撮影すんのよ。

明日からよ」とはしゃぐ久仁子の奔放さがまぶしかった。「崖」はどうなったのと思ったが何も聞けなかった。自分は映研を去ったのだとがまんした。

隆士が公平と久仁子に「呑みに行こう」と声を掛け、用があるという久仁子と別れ、結局三人でその街へ向かったのだった。

柱を寝かせて束ねたような木のカウンター、板作りの壁と天井、床はもちろん板張り、マスターと称する痩せた長髪の男が客の世話そっちのけでブルースを聞いている。

何度か来て慣れているのか、隆士と公平が少しのビーンズとチーズ、バーボンとソーダそして氷を出してくれた。

二人はしばらく「崖」が中断され明日から開始されるというK大の闘争記録フィルムについて話していた。隆士は「崖」は永久に中断してくれと照れていた。やがて沈黙が三人をおそった。

自分の中で「ときめき」と「あこがれ」がショートしていた。

バーボンを一杯だけ呑み、短期のアルバイトはその日で終わったのに、「明日またバイト、朝早いから」と嘘を言い二人を残して帰った。

聞いていた通り翌日から映研の撮影が始まり、数日間で停止し何故か三日後再開された。映研が先陣を切った学生会脱退は多くのクラブが実行するところとなり、文学部を除いてそれぞれが「決起」に向けスタンバイしていたはずだ。誰もがやがて起きるであろうその「決起」をそれぞれの立場で予感していた。そのような時間の中であの文学部臨時大会があった。

やがて夏の終わり、彼らはそれぞれ出て行ったのだ。私の前から……。

一人は試写のあとの学生寮の踊り場での出来事と土手を行く背中によって、一人はその背中を見送った数日後の出来事と数か月後のニュースによって、私が学生時代を終わらせる引き金を引いたのだ。

彼らに何の責任もなくその決断は私自身のものだ。彼らの事情にかかわりなく、あの夏の終わりこそ私だけが了解出来る「三人の夏の終わり」なのだだろうか。

菜苗は再び隣の客に合わせて溜息をついた。

女性客が吐く煙草のけむりの向こうに隆士を見た。菜苗はどこかで見た表情だと思う。そうだ。あの学生大会、大演説が続く中、壇上の水嶋を見上げる隆士の苦い表情だ。圧倒的多数で決議されたのに沈んだ顔をしていた。あのときと同じように水嶋との対比がそう思わせるのだろうか

彼の二十八年はあそこからスタートしたのだろうか。

「ね。よく聞いて。さっき電話で百合子さんから聞いたんだけど、公平の病状大変なのよ。ガン。ほんとに時間無いみたい」

そう言って菜苗は深い溜息をついた。長い沈黙が続いた。

水嶋が菜苗を向いて言った。

「古い知人が……近くある街の市長選に立つんや。隣りの県で」

「市長選？　それがどうしたの？」

「彼がさっき売ったと言った相手がその男やいうことやろうな」隆士が答えた。

「市長選？　どこの？　Ｋ大なのその人？」

水嶋は菜苗には答えず、隆士を向いて
「公平が死の床にあることを知っていたとしても、同じことをしたかも分からん、それは分からん。けど売ったのは去年や。公平のことはぜんぜん知らんかった。金が必要やった」

「本当に売ったんか？」と隆士がにらむ。

「結果的には売ったも同然やな。それを必要とする者が手に入れればええと思うた。あれは誰の物でもないしな」

菜苗が水嶋の肩を掴み、自分の方を向かせ
「誰の物でもないんでしょ。なら、どうしてその代価があなたのものなのよ！」と迫ったが水嶋は視線をそらし黙った。

しばらく会話が途切れ水嶋がカウンターに頭を付けてしまった。眠っているのかたぬき寝入りか。

それにはかまわず隆士が水嶋に話しかけた。

「会社はずっとあの調子か？　五百万くらいならどこかで借りれんかったんか」

頭を上げて水嶋が答えまた頭を付けた。

「どこも筒いっぱい借りてる。国金・銀行はもうアカン。マチキンにも借りてる」

隆士が今度は菜苗に言った。

「彼が勤務していた会社が倒産したとき言うてやったよ。赤旗振るのと会社経営は違うぞってな。ここは全員バラバラになってそれぞれの道を進むべきやて。何かに引きずられるようにして事に係るのはもうやめろて……」

「この人の会社そういういきさつなの？　吉田さんから、会社が倒産して元従業員で引継いだとは聞いたけど……ふーん、いわゆる組合管理なんだ……。で、彼どう言った？」

「引きずられてなんかおらんと。後々の会社経営のことは考えてなかったのかな。倒産前後に会社が色々仕掛けて来た攻撃？　彼らのいう攻撃に、反撃することにそれこそ嬉々としていたと言えば言い過ぎかな……」

昨日訪ねた安川を思い出した。水嶋はもはやないキューポラのある街を、あの工場によって作ろうとして失敗したのだろうか。もし工場の中で成立しそうになったとしても、会社を取り巻く現実・時代がそれを拒否するだろうし、そのことが又工場の中に及ぶだろう。菜苗は大ざっぱにそこまでしか考えられなかった。

抱きながらスタートしただろう水嶋の目指したものは、何だったのだろう。働くことの「仲間的」可能性と限界性、自主運営の高揚と失意を越えて再度語り打ち出すべきものも持っているだろうに……

それにしてもこの男は連日呑み金に困りあのフィルムを五百万で売るようなことをしてしまう男なのだ。

「どうする？　その市長候補が誰なのか調べるか？」隆士が言った。

「調べますとも」

「そうか。じゃあここからは一人でやってみるか」

沈黙が続いた。「これは入院直後だと思う。公平が寄越した手紙に添えられていたメモや。二十何年かぶりに公平の言葉に出会った。読んでみるか?」と言って隆士が内ポケットから封筒を出した。

菜苗は「いいの?」と言いながら手にしてしまっていた。

「ええやろう、菜苗なら」

「これ何?」

「あのフィルム強奪を含む、自称左翼どもへの彼の言い分やろうな。僕らは答えて来なかった。けど今はその言葉の意味だけは聞けるような気がする」

短いものだった。


僕は今も昔もこの国の左翼が嫌いだ。

反スターリニズムを言うほど、スターリニズムになる。この逆説。

何故なのか。どうしてなのか。

自らの政治過程と運動論を、この問いにぐらせたことのない左翼が僕は嫌いだ。

そして全共闘よ、お前もだ!

水嶋が目を覚まして言った。

「こいつ、俺の争議のとき何と言うたと思う？『また大演説と空手形で人を巻き込んだんか？』ってや。一番巻き込まれているのは俺自身やし、手形は決裁するか出来ずに不渡りになり破産するか、いずれにしても全て俺に降りかかるんや」

「大演説？あの学生大会ね。憶えてるわ。不思議な陶酔感を皆が感じたように思う。どうやってあんな風なリズムで喋るの？」

「即興や、即興。計算なんかしてない。思い付き……。で、こいつ俺の争議のとき続けて何と言うたと思う？『全共闘を二度やってどうすんねん』ってぬかしやがった。会社が繰り出した暴力とやり合って職場占拠してる時にやで。こっちはな、何なら死ぬまで何回でも全共闘やったろか思うてるんや。最後までボロボロになるまでやったろか、クソッ！」

水嶋はそれを笑いながら言った。悲しい笑いだった。

菜苗は思った。水嶋さん、うまくいかなかったのなら、それはどうしてなのか考えてよ。自分がしてきたことを茶化さないでよ。もう一度やり直してよ……と。

水嶋が続けて言った。

「菜苗。今夜帰ってちゃんとする。答えを出すよ。公平の願いに応える方法を考える。本当や信じてくれ。公平の病状がそこまでだとは知らんかった」

「答えを出すって？」

「俺に考えがある、任してくれ」

「何を言ってるのよ。市長候補は誰なの？　それを言えばいいのよ」

水嶋は再び黙り込み、その「考え」の中身も、市長候補が誰なのかも言わぬまま眠ったふりをした。

八、ノーサイド

朝から秋の細い雨が降り続いていた。遅い夕食を済ませ、一昨年秋の理の高校最後のゲームの話になった。きょうと同じ様な雨だったなと研一が言った。

部員の少ない公立高校、一回戦か二回戦で敗退するだろうと誰もが考えていた。それが予想外に勝ち進み、準々決勝も突破、これは快挙だ、こうなりゃ予選優勝だと学校や父母を含め関係者は興奮していた。いよいよ準決勝という雨の日、球技場の応援席は前回までの五倍はいよう生徒OB教師父母であふれた。

対戦相手は優勝準優勝常連のシード校。予想外に善戦し一二対五のリードでハーフタイムを迎えた。ひょっとしたら勝つのではないか……誰もが期待に胸膨らませ、守りに走るな攻め続けろと念じた。

だが、後半早々たて続けに二本のトライを奪われゴールも一本決められる。一二対一七だ。「実力やな」と皆があきらめかけたときペナルティキックを得る。ラインぎりぎりからのキック。入らない、入るはずがない。誰もがそう思った。だが理のキックは奇跡的な弧を描き見事に決まった。応援席は皆雨など忘れズブ濡れの総立ち。

一五対一七、二点差だ。もう一息だ。が、そのまま一進一退が続き、残り時間が切れロスタイムに入った。ああやはり負けか……まあしかし強豪相手によくやったよな、そう皆が思っていた。その時だ。敵陣残り一五メートル、攻め続けたればこそ誘った相手の反則、再びペナルティキックを得る。これを入れれば一八対一七で一点差の劇的逆転勝利。左四十五度、理得意の角度だ。

スタンドは静まり返り、菜苗は手を合わせ祈った。

「落ち着いて、いつものようにやるのよ」

スタンドの祈りと期待を背に受けて理が助走する。

楕円球が、雨を突いて高く舞い上がった。

数秒の静寂の後、喚声と悲鳴が交錯する……。

ノーサイドの笛が響いた。

落胆し溜息をつく応援席。菜苗は溢れる涙をこらえ切れずただじっとにじむゴールポストを見ていた。応援席の溜息にどれだけ善意と思いやりが含まれていようと、それはそのまま理の無念を増幅するだけだ。周囲からは「三十三年ぶりのベストフォーだ。二点差までよくやったぞ。胸を張れ！」と声援が飛ぶ。

雨の中泣きじゃくり、グランドに一礼し引き上げる十五人と迎える部員たち。その涙のひと筋ひと筋が見えたように思えた。

出場校の内ただ一校を除く全ての出場者が流す涙ではあっても、そこには固有の彼らだけの涙があるはずだ。ある人は言う、この種の涙が「敗北の美学」の核を成しており、その美学に支えられてこそ敗者たちのきのうがやがて仲間共通の価値あるものになり、無念は涙とともにその中へと浄化されていくのだ、と。だがどんな慰めの言葉も彼らにとって今は何の意味もない。

着替え戻って来る生徒たちを、通路で待ちかまえる関係者たち。目をはらした女子生徒たちに混じって菜苗と研一は隅に居た。

やがて出て来た選手に拍手が湧き、照れ笑いとうなだれと空元気が交錯した。再び関係者から慰めと励ましの言葉が掛かる。

研一がスッと進み出て何も言わず理の肩に手をやり、理が菜苗にかすかな微笑みを返した。その瞬間だ、菜苗が自分たちが許されていることを悟ったのは。鮮明に記憶している。ほんの数秒の出来事がスローモーションになって繰返し思い出されるのだ。

あの最終場面、理には二点差に追い着いた奇跡のキックさえ消し去るあまりにも残酷な結果ではある。だが、それは誰もが一度体験しなければならない通過儀礼なのかも知れない。そう思った。

もしそれを卒業というのなら、井上よそれはあなたが言った「卒業」と決して同じではない。そう思いたい。

そして思う。水嶋よノーサイドの笛はまだだ。攻めていればペナルティキックを得るチャンスだってあるんだ。久仁子ならそう言うだろうと……。

電話が鳴り、研一が出た。

長いやり取り、頻繁にメモを取っている。例の情報に違いない。

「分かったようだ。K大出身同世代、関西それも隣接県で近くある市長選。立候補。……その条件に合うのがこの二人」

「ほんと！　やったね、あんたの友達も中々やるね」

三重で農業を始めたあの友人が調査ルートを知ってるらしい。

条件に合うのは二人。一人は政権党の県会議員。十五年前には市民派無所属の市会議員だったという。県会議員から多党の推薦で来年四月T市の市長選に立つ。山本修次四八歳。K大薬学部中退。元全共闘。

もう一人は昨年の国政選挙で落選した民新党の男。昨年選挙区事情で政権党から立てず、親類縁者後援会の反対を押し切って民新党から立候補し落選。来年六月のS市長選に立つ。岩田清明五三歳。K大文学部卒。

二人の名に記憶はなかった。

T市はN県、S市はH県。いずれも水嶋の言う「隣の県」だ。両者とも年齢学歴などから水嶋との接点が考えられる。

いきなり、直接当たってみようか。それとも何か理由を作り探りをいれるか……だがどうやって……。

水嶋には悪いが、彼の名を使うしかないのかな。「お借りした五百万円をお返ししたい」とでも言うか……。そうですかと言われれば五百万はないしなー……。

そうだ。二人の顔写真を手に入れよう。誰かが何かを憶えているかもしれない。

研一に言うと「それはもう頼んでおいた。あさってには届くよ」とのことだった。


S市は年間人口増加率が連続して全国ランキングの上位に入る街だ。通勤線が電化複線化されて以来、二〇年近く経つがその間年々人口が増え、今では大阪近郊有数のベッドタウンだ。

S市駅から駅前の商店街を抜け、近年完成した日本海側へ抜ける高速道路の下を横断し山手に向かって少し歩くと、山々を背景にそびえる淡いグレーのタイルで覆われたビルが見えて来る。曲線を多用した真新しいビルだ。高速道路の建設とこのビル周辺の造成が、同時に行なわれたのだろうと菜苗にも想像出来た。

ビルの壁面に「岩田開発興業」とゴールド色の文字が浮かぶ。文字の周りだけが黒いタイルになっていて、多分いま下を横断して来たあの高速道路からは、かなりの速度で走っていてもしばらくの間見えるに違いない。この街の「開発」に大きな力を発揮したことを、高速道路を走る人々にまで承認させるだけの演出ではある。

久仁子や映研のメンバーに尋ねるまでもなかった。送られてきた写真の内一枚は菜苗がよく知る人物だった。S市の岩田清明。彼に直に当たって、違っていればもう一枚の山本に当たるしかない。

その在社だけを確認し、アポなしで出向いて来たのだ。今日は市の体育館の完成記念行事で朝一番に出かけておりますが、一〇時か一〇時半には戻って参ります……それが返答だった。

受付で大学時代の友人であると告げ、同窓会の音頭を取っていただきたくお伺いしましたと言った。まもなく帰社すると電話があったとのこと。応接室で待つこととなった。

廊下にはこの社の創業者、つまり岩田清明の妻の父、岩田源次郎の肖像画が掛かっている。立志伝中の人物が持つ威厳と忍従、富裕と困窮、その相矛盾する要素を合わせ持ってなお、それを矛盾と感じさせない迫力。鋭い眼光の奥底から世界と世間との格闘とその勝利を振り返る男の達成感が伝わって来る。圧倒される顔だった。

この義父の下で岩田清明が歩き登って来た道はおそらく、菜苗が知る男たちの道より険しく過酷であっただろう。彼はよく耐え、認められ、そして今日の地位を築いたに違いない。たしかに肖像画は菜苗にそう思わせる力を持っていた。

一〇分も経ったろうか、応接室のドアがノックされ、二十八年ぶりに会う男、岩田清明が入って来た。

「同窓会ですって？　五月にしたばかりじゃなかったかな、僕は参加出来なかったけど。……あれ、菜苗？　梶村菜苗さんですよね？」

「お久し振りです。増本清明さん」

博士＝増本は「失礼します。いいですか？」と問い、菜苗がうなずく前に煙草を出し火をつけながらソファに腰を下ろした。菜苗の記憶にある増本はどちらかと言えば痩せており、いつも何かを孤り静かに考えているといったタイプの男だった。少し年長の大学助手そんな感じだった。いま前に坐っている岩田清明はダブルのスーツに身を固め、染めているのか髪は黒々しており、その穏やかな顔つきと恰幅は市長候補にふさわしいものだった。事務員がお茶を運んで来て気まずい時間が救われた。

「君が来るような気がしてましたよ」

「どうして？」

「田所公平の入院を夏に知りましてね。僕が持つことになったあのフィルムを、誰かが譲り受けに来る。それはきっと君だろうとね」

「だからどうして？」

増本は黙って席を立ち窓を開けた。高速道路の防音フェンス越しに、フィルターで漉したような巾のない直線的な車の音が聞こえる。

「ちょっと出ましょうか？　丁度いい、食事でもしましょう」

「水嶋さんからお買いになったって……そうなんですの？」

「そうではありません。そうではありませんが、それも含めてお話しますから……。とにかく出ましょう」

「もしあなたがフィルムを最後に預かった人だとしたら、『預かってない』と言われるかも……と思っていました。すんなりお認めになるんで、何か勘狂っちゃって……」

「さー、行きましょう」

増本はドアを開け誘導した。

この人をお送りしちょっと食事して来る、三時からの婦人会のソフトボウル大会には出席するからと事務員に告げ、大きなドアに向かった。

その円形ガラスの自動ドアを出てテラス階段を降りると、駐車場に黒塗りの外車らしき車が二台、トラックやワゴン車・見慣れた乗用車に混じって停まっている。

外車に乗るのかなと思っていると、意外にも増本は中でも小さい白い乗用車を指さし、あれですよと言って笑った。

増本は助手席ではなく後部座席に座るよう促した。外車は役人接待や業者との仕事がらみに限って使っている。近ごろ仕事は専務や部長に任せ代取も降りたので、それもほとんどない。いまは浪人の身というわけでね……と苦笑いした。

車は高速に乗り、次のインターで降りた。うまい湯葉料理の店がある、そこへ行こうと増本は言った。

Mヶ丘展望台にさしかかると「見て行くかい？　遥かK大が見えるんだよ」と車を停めた。らせん階段を昇り展望台の上に着くと、さすがに平日の昼過ぎ、誰も居ない。硬貨を入れると三分間見ることが出来る望遠鏡からK大の本部会館が確かに見えた。

東南に向けると公平が入院している病院のある泉南方面がうっすらと確認出来る。

出来ればきょうフィルムを受取り、彼のもとへ届けてやりたい。もうそこにフィルムがあるのだ。

望遠鏡の画面がカシャッという音とともに真っ暗になった。増本が後から語りかける。

「フィルムはありません。社屋を建て替えたときのドサクサに紛失しましてね」

「そんな。……そんなの変ですよ」

振り返り望遠鏡の踏み台から降りようとした菜苗を、増本が下から額が合いそうな位置で迎える格好になった。見覚えのある視線だ。

食堂だった。時間はずれの昼食。菜苗はB定食とお茶をトレーに乗せ窓側の席に向かって歩いていた。「ここに座るかい?」中腰になってそう声をかけてきたのは、合宿の時数人で映研を脱退した増本だった。あの角度あの視線。

六九年一月、東大への機動隊導入はここ数日だと噂され奇妙な緊張があの学内にも走っていたと思う。

「あすストになるかもしれない、今夜準備するけど来るかい?」

「準備って、どんな?」

「さあ……貼りビラやタテカン。配布ビラの作成。色々あるんじゃないのか?」

「気が向いたら行くよ」そう答えた。

映研に入るきっかけを作った増本。六八年合宿の「論争」で映研を去った増本。六九年一月の山猫スト後の「逃亡劇」に参加するきっかけを作った増本。

逃亡に一緒にいた記憶がない。記憶の糸が途切れたり、絡まったりしてあやふやだ。

増本が映研を去りK大の闘争に関わり、そして……と続くその時間と歴史を、私は何も知らない。増本が岩田となり、ミニゼネコン社長として生きた時間も、民新党から立候補することとなった歴史も全く知らない。それを知りたいとは思わないが、何故水嶋と取引したのか、それだけは知らねばならないのだ。


「そんな。……そんなの変ですよ」

「変も何も本当にないんですよ。探したんだが見当らないんです」

「五百万でお買いになったんでしょ。それを紛失って……やっぱり変です」

「そうじゃない。買ったんじゃないんだ。水嶋の名誉の為に黙っていようと思ったが……、今年二月水嶋がやって来てね。金を貸してくれ五百万何とかしてくれと……。資金がショートしてどうにもならんとのことだった。僕はまあそれくらいの額ならと承知した。水嶋は言ったよ。何も渡すものがないこれは担保みたいなものだと。金を貸したら勝手に置いて行ったんだ」

水嶋が金を借りに来たのなら、それは資金調達の道を閉ざされ、万策つきてやって来たんだ。友人のところへ来るのはそういう場合だと思う。あの工場は火の車……そういう状態だったはずだ、今もそうなんだろう。菜苗は増本が金を貸したのではなく、戻る金ではないとの判断のもと買ったのだと確信した。

らせん階段をグルグル回って降りた。進むにつれ風景が変わって行き、二周もすれば周囲の木立だけしか目に入らない。

湯葉料理の店は山あいの少し開けたところ、橋のたもとにあった。車が駐車場への進入路の凹みで小さくバウンドした。

菜苗の記憶が甦える。そうだ。山猫ストの何日かのち教授宅への山道を走ったとき、車を運転していたのは増本だった。途中道路の凹みで大きくバウンドし半分眠っていたところを起こされた。疲労か恐怖かそれとも当事者感覚の欠如か……

気持の混乱は少なくとも無謀なストへの戦術上の悔いや、半日で撤去されたことへの口惜しさではなかった。ここに居ることは自分を隆士をみんなを欺くことになる、どうやって引き返そうか、それればかり考えていたように思う。

何も見えていなかったのだ。増本が山猫ストと逃亡劇に同席していたことさえ、さっきまで思い出せなかったのだ。誰もが自分のことで精一杯、疲労や恐怖・悔いや口惜しさで混乱していたとしても、身の周りで起こっている事実と自分との関係は掴んでいただろう。

だが私は……私はたまたま参加したその経過を、たまたまで済ませることの不誠実と向き合おうとしてカラ回りし、その後何も出来なかったに違いない。早朝教授宅を出て、そのまま帰郷し、新学期からあの学生大会までの数か月、いやその後も、私は戻る場所のないまま「私」の抜け殻の中に仮住まいしていたのだろうか……。

の」

「増本さん、ほら憶えてる？　文学部の単独ストのあと、あなたの運転で大山教授の家へ走った

「憶えてるよ。最初法学部の吉田たちが車二台で救出に来て、それに分乗して僕や隆士の筋で京都へ行ったよな」

そうだった。確かに京都へ行ったように思う。法学部が来たのも、京都へ行ったのも、それが増本や隆士らの「筋」ということさえ私は分かっていなかった。彼ら学生の政治団体の色分けやその主張内容の違い、お互いの論争の中身……何度か聞かされたり論争に出交したりしたが、サッパリ分からなかった。それを理解しようという気になったことはついぞ一度もなかった。

「二日後別の車を調達して、京都から教授の家へ行ったよな。あのメシ旨かったよな、ほら奥さんが作ってくれた……」

「ええ、おいしかった……。私、次の日の朝みんなと別れたのよ。知ってる？」

「そうだったかな。そう言えばその後居なかったね。春からも居なかったな。映研に戻ったのだった？」

車は白いラインで区切られた所定位置にバックで入った。車から降り、ドアを閉めながら菜苗は答えた。

「いいえ。映研には戻ってないし、何をしたらいいのかサッパリで……。今度のフィルムにしたって私にとって何なのかよく分からないまま探しているのよ」

「いや、そういうもんだと思うよ。渦中に居る者が、展望台から見渡すように自分たちを見るこ

となんて出来やしないさ。当時だってそうだった。みんなガキだった」

駐車場から入口まで行くには、道路を横断しなければならない。

ダンプカーが土を満載して何台も走り抜けて行く。ダンプのボディーや荷台の旗に「岩田開発興業」の文字を見つけ、何かを思い知らされた気がした。きっと近くにあるK大の新キャンパスの造成にも絡んだのだろうな。

ドス黒い利権の臭いがした。フィルムにも関係あるのか。


料理を待つ間も菜苗は何からどう切り出すか、そればかりを考えた。

「で、フィルムはご覧になったんでしょう?」

「ああ見ましたよ。学生のそれも8ミリフィルム。映写機だってもう中々ないんですよ。市の公民館で古いものを借りてきてね」

「あなたも写っていました?」

「でしょうけど、よく分からんね。腕が悪いのか機械が悪いのか、ほとんどボヤけていてね」

「撮影されていた頃、全共闘で活躍してたんでしょ」

「活躍だなんて……。僕もあなたと一緒で、何をしたらいいのか分からないまま動いてたと思うね」

増本は公平の病状を知っていた。フィルムは本来公平を含む映研に返還されるべきだとも言った。水嶋が担保のつもりでも、金のことはもういい、フィルムが見つかればすぐ連絡する。待っている公平に渡してやってくれ。そう言った。

菜苗は増本の言葉を信じられぬまま、箸を進めた。

この男にとってあのフィルムが五百万の価値があることは間違いない。まさか全共闘の一員だったことを隠したいわけではあるまい。おそらく社会的には「あれは一種のハシカだ」として定着していよう。そんなことは、経歴を汚すことにさえならないのだ、この国は。

自称他称の元全共闘は五万といる。政治家にだっている。

以前ある年配の保守政治家が、テレビの対談で言っていた。「若い時に左翼の洗礼を受けなかったような奴は信用できんが、悲しいかな若造は左翼理論の未熟さ一面性に気付かない。しかし変革を求める若き日のその志こそが尊いのだ。わたくしもこの現実にあってその志をば、どう活かし……」と。同世代では元全共闘が、そのマイナスイメージはこきおろし、僅かばかりのプラスイメージを自慢して使いわけながら、世間の浅海を泳いでいる。

何が尊い志だ。「尊い志」なんぞありゃしない。少なくとも私についてはそうだ。

「皆さん御存じですよね、あなたの学生期の立場というか……全共闘というか……」

「皆さんって？」

「何ていうか、その支持者や後援会の中の親しい人かな……」

「知ってるんじゃないかな……時々話に出るし、ボロクソに言われていたりしたら弁護しますからね僕は……」

増本の言葉に嘘はないと思う。増本が言うまでもなく、彼が隠そうとしているのは「元全共闘」

などという、今や誰もとがめる者などいやしないその経歴ではない。それはあのフィルムそのものに写っている具体的な何かだ。

食事が終わりお茶を飲んだ。フィルム探しのここまでの経過を簡単に説明した。

増本が話題を変えて言った。

「この街に来たでしょう昔」

「はあ？」

「いや社の者が言ってた。昔撮影の下見に来ていたK大映研の人に会ったと、土砂採取の現場で……」

遠い日々が甦る。そうかあの時の……。

S市は旧N町が近隣の町と合併したのだったかな。来る途中N富士もその東隣の低い山にも気付かなかった。すっかり変わった街の様子からは、それらを思い付きはしなかった。

ひとつだけ尋ねた。

「あなたの会社、むかし岩田組って言った？」

「そうですよ、地元のちっぽけな土建屋ですよ。それがなにか？」

「いえ別に……。フィルム、探して下さいね。担保なんですし勝手に処分出来ませんものね。公平に届けてあげたいし、何だか私もそれを見たくなりましたし」

「あなたは見てるでしょう？」

「えっ？」

「映研が学生寮で試写したでしょう」

「あっ、ええ。でもあれは確かまだ一部だったと……。いらしたかな、あの試写の時。あなたはもう映研を辞めておられて、撮影される側だったと……」

「停電になり、直後に非常ベルが鳴っただろう?」

きょう最初応接室で会ったとき、「君が来るような気がしてましたよ」と増本は言っていた。「どうして?」と聞いてもはぐらかしていたのは、こういうことだったのか。

何を言ってるのだ。そんな古い子供じみた恋愛もどきの一場面を、知っているぞと脅しているのか?

「そうそう確かに非常ベルが鳴った。あなたが鳴らしたの? 別に鳴らしてもらわなくてもよかったのに……」

「部屋で魚を焼いた奴がいてね煙でベルが鳴ったんだ。僕はあそこの寮長でね。あのグランドでの激突から二・三週間経ってたかな。寮に戻る余裕も出来て、あの日居たんだ」

「そうだったんですかとにかく探して下さいね。公平には時間が無いんです。お願いします。処分してらっしゃらないんですから、必ず見つかるでしょう?」

「探します」

冷静に話したつもりだが、ベルは増本が鳴らしたのだと思うと汗が出てきて、赤面していたと思う。

駅まで行く増本の車からN冨士を見ようと思った。降り出した雨と駅前のビル郡がそれを拒んでいる。

車が駅に着き、増本と別れた。

九、水溜り

①

近くの小学校から運動会独特の音や音楽が聞こえて来る。駆けっこやマスゲーム、演目に合わせ音楽を替えながら、あれもこれもと忙しく走り回る教師たちのドタバタぶりが目に浮かぶ。昔、理が出場する演目になると何もかも忘れて、我が子にだけ目と心が集中し、その親ばかぶりを周りに悟られまいと、控えめのアクションと小さな声で応援したものだ。

今、菜苗は聞こえて来るその音楽に合わせるように、たまっている片付けに朝から精を出している。フィルム探しで生活のリズムも少なからず乱れている。家事だって滞りもするさ。

テレビのニュースが深夜の交通事故を伝えている。飲酒運転の末のダンプとの衝突らしい。いつものことだと、聞くでなく見るでなくテレビの横のタンスを拭いていた。

八月の終わり久仁子と隆士からの連絡で公平の病院を訪ねてからもう二か月近く経ったな。

公平への中間報告の遅れは、水嶋のデタラメ話によるまわり道がその根本原因だ。報告は二度しか出来ていない。

一度目は、安川から「フィルムは水嶋に戻っている」と聞かされたとき、電話で百合子にした。電話した夜そのあと水嶋と会い、彼は「売ったんだ」と白状した。

二度目はその翌々日、会社を早退して病院へ行った時だ。公平の病状に何らかの変化があるようには思えなかったが、どういう訳か彼の受け答えは先日よりむしろしっかりしていた。だがとても「売った」という事実を言うことは出来なかった。公平にはフィルムが転々としていてもう少しのところまで来ている、いますこし待っててくれと報告した。つらい面会ではあったが、百合子の言う「生へと繋いでいる糸」の力なのか最後の生命力を感じたのだ。

百合子にだけ事実を告げると「売れるようなものですか、それが?」と言う。菜苗は「私も不思議に思うんです。どうも本当のところを掴みあぐねています」と答えた。

水嶋のヒントに合致する人物を二名特定出来たと、研一の友人が電話してよこしたのが次の雨の日曜日。S市へ行き増本に会えたのは、仕事の都合でその四日後の一昨日だ。

ああ、フィルムのことで奔走している。疲れた。無力感もある。だがそれよりも、早く公平に届けたいと焦りが先に立つ。時間がないのだ。どうしよう、どうすれば増本=岩田清明からフィルムを取り返せるだろう。水嶋に出動要請だ、彼にはその義務があるぞ。

運動会の騒音が止んだ。昼休みだな。

理が六年生のときの運動会。その昼休みが思い出される。

午前の最終プログラムのリレー。アンカーを務めた理は3位でバトンを受けたのだが、最後の半周にさしかかってからグイグイ追い上げ、ゴール手前で2位と1位を両方抜き去り一着でゴールした。音楽が止まった昼休み、思いっきり褒めてやろうと理の近くへ走り寄ったが、みっともなくて思いとどまり、目を合わせたとき手を振ったのだ。

この運動会と高校最後のラグビーのゲームは、菜苗にとって忘れられないものだ。少年時代と高校時代の、つまり男の子の黄金の時間、王国の空間、その勝利と敗北を等しく子の成長の証しとして感じているのだ。

それにしてもよくぞビデオに撮っておいたことだ。前日社長に借りたビデオ、家の中で練習し運動会に臨んだのだった。高校のラグビーの試合を撮ったビデオと並んで、タンスの上のケースに今も収まっている。

そのテープを手に取った。

シールには「1989年、理六年生。運動会。」とあり、小さく―二十年後の宝物―と書かれている。

あっこれだ。ビデオだ！　どうして気付かなかったんだろう？　増本がフィルムを出さないのなら、この手で行こう、ビデオ化されたものが存在してましたよと……。

増本が動けば、「水嶋が勝手に置いて行った」のではなく、買ったということがはっきりする。どうやって取り戻すかという課題は残るものの、謎の一部は崩れるのだ。フィルムに辿りつくゴールの手前まで進めるのだ。

誰に言えば増本に伝わるだろう……と思うが早いか、井上に電話していた。

菜苗は、先日は齢がいも無く席を立ち大変失礼いたしましたと、心ならずもその「非礼」を詫びた。あのフィルムは結局ある所にビデオ化されて保管されていることが分かりました。どうも色々ご心配をお掛けしまして……。

いずれかのルートから回り回って増本に伝わりさえすればいいのだ。それで反応が無ければ私が直接言ってみるさ「ビデオ化されたものがありました」と……。

運動会の騒音に気を取られたり、考えごとをしていたからだろうか、テレビが朝から流していたニュースは聞き取れず、画面もちらりと見ただけだ。だが何故か気になった。

同じニュースをまた告げている。深夜の交通事故だ。今度は音声も途切れ途切れにだがほとんど聞いた。

「今朝午前三時ごろ、大阪市中央区……ダンプと正面……飲酒」

「運転していたのは……免許証から水嶋丈一郎さん五〇歳……秀美さん二七歳とみられ……」

「病院に運ばれましたが、……まもなく」

何ということだ。水嶋が死んだ。あの飲酒運転野郎め！　ゆうべ土曜の夜、またしこたま呑んだのか。若い女性を巻き添えにしてしまって……。そうだそれに美和という三歳になる子がいたはずだ。彼女はどうなるんだ。それに、それに研一はどうするだろうか。

菜苗はまっ白になつた。

一週間後。

経理と総務を合わせたような立場の小林さんが「社長がお呼びですよ」と言う。最近仕事は遅れ気味、遅刻や早退代休もある。お小言かなと部屋へ行くと意外にも社長は上機嫌、ニコニコしていた。

H県S市の青少年野外活動センターの実施設計の仕事が、総合請負のY建設から回って来たという。何でもY建設が某先生から「あの会社はいいよ、一度使ってみたら……」と言われたらしい。某先生はいずれ国会議員になる人で、「みたら……」とは、「そうしたまえと」いうことだという。又某先生は、女房がその社の梶村という人を存じ上げていてね……とも言ったという。

「梶村君、奥さんと友達かい？　その先生って誰だね」

「はあー、いえ、まあ……」

「やっぱり何かい？　先生ってのは市長選に立つっていう……ほらえーっと……」

「でも出来るんですか？　うちで……」

「出来るよ、出来るに決まっているじゃないか。基本設計はあるんだし、手に負えんものは外注すりゃいいんだよ。よーし、これからはY建設にどんどん入って行くぞ」

来たな。増本は動いた。それもわずか一週間で……。間違いない、これではっきりした。ありもしないビデオだが、彼はそれを要求しているのだ。それが必要なのだ。彼はやはり水嶋からフィルムを買ったのだ。そうしなければならない理由があのフィルムに写っているのだ。

しかし困った、ビデオなんてありゃしないんだから……。さて、どうしよう。

社長の過大な期待がつらかった。彼は準大手のY建設の設計下請けの一角に参入出来ると今後を夢見ているのだ。もしビデオが実際に存在し、それを増本に献上したとしても仕事は一回きりなのだ。増本がビデオという魚欲しさに撒いた餌は、釣りあげてしまった後の魚に与えるものではない。その上ビデオそのものが存在しないのだ。魚を献上出来ない以上増本は餌撒きを中止し、魚を隠したと疑うか、魚の不存在を知り激怒するかだ。だが、いずれにせよ社長の夢と期待は破れるのだ。

「社長、あのー水を注すようで悪いんですが……失礼ですが正式発注をもらったんですか?」

「ん? まあ正式ということなら年末だがね。間違いないだろう……Y建設があそこまで言ってるんだから」

「いえその奥様という話……どうも納得出来ないというか、先方の勘違いというか……ちょっと色々思い出してみます。あまり期待なさらないほうが……」

「わかったわかった。期待せずに正式発注を待っておくよ」

あーあ。社長は聞いていない。菜苗は重い気分で部屋を出た。

ああ、崖の前で遭ったあの少女……増本を訪ねたとき浮かんだ場面が再び思い出された。

今日から出社した研一のことが気になる。その様子を見に、帰途工房に立ち寄った。

事故のあった日曜日も三重へ行っていた研一は、ニュースで事故を知り病院へ走り、夕方電話を寄越したのだった。

「ニュースで知ってると思うけど、あんたの友達の水嶋って人が死んだよ。フィルムのことで話に出ていたし、二・三度電話もあったよな。一緒に事故ったのあれオレの元女房だ。知ってただろ?」

「知ってたって言うか、はっきりとは……」

「いや、別にいいんだ。オレ店の名も知ってたから、あんたの話にあの店が出て来て、ああ、あの店に行ったんだなと。そこへ事故だろ。水嶋って名フィルムの件で聞かされてたし、ぜーんぶつながったよ。あんたも知ってたんだろうなと……」

「いまどこから?」

「病院……」

「今夜、お通夜? そりゃ行ってあげて……」

「お通夜って、オレ水嶋氏と面識もないぞ」

「そうじゃなくて、秀美さんの……」

「何を言ってる。秀美は生きてるよ」

ニュースをはっきり聞いていなかったのだ。いつもの早とちりだ。そうか、水嶋は死亡し秀美は助かったのか……。菜苗はようやく事態を飲み込めた。

別れた女房の生死の境か重傷か軽傷かは別にして、研一はその後病院に一週間付き合い、今朝から出社したのだ。

工房の入り口から声を掛けようとしたが、機械の音がやかましい。近くに寄って言った。「研ちゃん。おいしいスパゲティ食べに行こうか?」

「仕事が溜ってってね、迷惑かけちゃったよ……源さんに悪いし、今夜は遅くまでやっていくよ」

「そうか。源さん、ごめんね」

源さんがいえいえとんでもない、お互い様ですよといった感じで、顔の前で手を左右に振っている。

仕事でもしてないと身がもたないよ、と研一は言ったのだろう。

菜苗は知っていた。研一がどんなにわだかまっていても、美和という子は研一の子だ。きっとそうだ。私には分かる。自信があった。

研一は美和に会っただろうか。

秀美の詳しい容態も聞きたいが、それよりも非常事態とはいえ数年ぶりの再会、話し合ったろうその内容も本当は知りたいのだ。

研一が病院にいた一週間どういう時間を過ごしたのか、気まずくはあっても相手の危機、かえって双方が冷静に過去を見つめられたのではとも思う。研一にとって秀美と共に暮らした能登と大阪の数年の歳月。それは水溜りの表面に揺らめいて映るどこへも持ち出せない感情の静止画像なのだ。そこで研一が我が子のことを含めどんなに自分を責めても、どんなに迷ったとしても、そしてどのように決めたとしても、私はそれを受け入れるしかない。

研一を失いたくない。菜苗は研一との暮らしの中で、初めての感情に襲われた。

スパゲティは一人で食べた。きょうはワインも注文した。

ひと駅手前で降り、歩いて帰った。マンションの前まで来て、酔って帰った夜を思った。あの夜研一に抱えられこの階段を昇ったのだ。あの夜あの店で秀美に出会い、若くきれいなこの女性こそが研一の別れた妻だと知り心乱れたのだ。それは否定しようもなく嫉妬だった。

タクシーの後窓から、手を振る隆士を見て胸が痛かったのだ。あの時「あなたは何でも知ってるのね」と言った。「隆士、あなたが知った気でいることにもいくつもの思い違いがあるんだぞ」それが本音だった。

いくつになっても同じだな……菜苗は階段を昇った。


久仁子からと映研の誰か記憶にない人物からの留守録があつた。どちらもビデオテープに関することだった。

久仁子からは「あの後あちこち連絡したけど、映研みんなが見たがっているよ。近々集まろうよ。で、それどこにあるんだった?」

もう一人は何代目かの映研副部長という人物で「田所さんと一緒にカメラ回してました。もう二度と会えないと思っていたフィルム、誰かがビデオ化してたんですね。嬉しくて……早く見たいのでとにかく連絡ください」と連絡先を告げていた。

久仁子にまで情報が廻っていることに驚き、菜苗は行き詰まった。

とうとうここまで来てしまった。増本がビデオを求めて策を仕込んだこと、映研の面々の期待が膨らんでしまったこと、それをきょう一日で知らされた。

菜苗は電話機の前に座り込んだ。何という一日だ。ビデオを巡る展開のことだけではない。研一が独りで背負いあぐねる事態に立往生しているると分かっているのに、手を出すことも出来なければ、それに邪心なく対応することも出来ない。

映研のメンバーや、隆士・久仁子・吉田・安川……みんなに全部ぶち撒けようか。ビデオなんてないこと、増本がビデオの存在という偽情報に動いたこと、だからフィルムを買ったんだということ、それを隠し持っているということ……。

だが証拠がない。増本がフィルムを買う理由を知る水嶋は死んでしまった。彼が亡き今、増本は言うだろう「金を貸したとき、水嶋が勝手に置いて行ったのだ。どこに行ったか見当らない」と……。それに、事態の推移によってはフィルムを焼却してしまうかも知れない。そうすれば公平に届けられないのだ。公平に届けることが目的だ。増本の理由なんてどうでもいい。増本が自分の手元にあることさえ認めてくれれば、不都合部分をカットして渡してくれればいいんだ。それをどうやって成し遂げよう。

もう一度増本に会うしかない。会って公平の願いを聞いてやってくれと頼むしかない。もし彼に一片の熱情があり、死の床からの訴えへの誠実があれば、聞き入れてくれるはずだ。

秋の夜空の下、カーブを行く電車のいつもの軋み音が聞こえた。

菜苗は今気付く。

彼は政治家だ。政治家ならフィルムをカットして渡すくらいの芸当は朝飯前だ。カットしさえすれば彼の不都合は闇に消え、友人の難儀にポンと五百万出した美談だけが残るのだ。

そうだ！　もう無いのだ。あのフィルムはもう存在しないのだ。だからカットして私に渡すことなど出来ないのだ。どうしてこんなことが分からなかったのだろう。

ガックリとしてベッドに横たわった。

フィルムを今や遅しと待つ病院の公平を想った。だが待ったところで存在しないフィルムには出会えはしない。そのフィルムを増本に売った挙げ句に逝ってしまった水嶋を恨んだ。

久仁子と御馳走になったあのハンバーグ。行商で得た不相応な収入。学生らしからぬ風貌や元右翼との噂。ハッタリに満ちたビラ。学生大会でのあの詭弁。オンボロ工場。隆士から聞いた会社の実態。連日の酒浸り。フィルムの売却。事故死。何という人だ。水嶋の急逝を嘆いてか、公平の無念を想ってか……深いため息をついた。

先日の通夜の席、憔悴を払い除け気力を振り絞って水嶋の妻が挨拶していた……。何度も謝罪を繰り返したあと「本当に好き勝手に生きた人ですが、この人にも大切にしていたものや、ゆずることの出来ないものが色々あったと思います。けれどそれは分かりにくくて……自分と自分たちの考え、自分と仲間の力量、それへの過信なんだと親しい人から言われた時……」あとは聞き取れなかった。

その顔に見憶えがあったが、思い出せなかった。酒に酔った水嶋が「学生結婚なんだ。女房のあらゆる可能性をただただ潰しただけの三十年だったな」と言ったことを思い出した。大学生だという二人の息子が、弔問客に謝意を示しながら見送っていた。父への愛憎とその死に様への異議を噛み殺し、耐えるように立つその固い表情が痛かった。

隆士も久仁子も来なかった。翌日の葬儀に出るのだろう。増本・吉田の顔もなかった。知った顔は安川だけだ。親族、工場の従業員、得意先と仕入先、高校や大学の友人。それに組合関係の人々。水嶋の交際範囲と歩いて来た道が想像出来た。

二十五年目にフィルムを返そうと考えていながら、それを五百万で売ってしまった水嶋。その夜までフィルムの行方を隠しながら、買い主の手元にそれも五百万もの値がついて保管されていると白状したのだ。

それはまるで、逝く前に私に告げようとしたみたいだ。通夜の夜菜苗はそう思った。白状した夜、最後に水嶋は何とかすると言ったな。確かに言った。

生きることのスタイルを築きあぐね、隆士が言った「全共闘を二度」どころか三度四度して生きたろう水嶋の無体系が、羨ましくあるよりは痛々しく哀れに思えた。

人はその無体系を、未成熟・無反省・無思想と呼ぶだろうし、それはその通りだ。そして彼のある種の放蕩が、会社と家庭だけでなくおそらく関係者総てに計り知れない迷惑を及ぼしていようことも、その場の雰囲気と妻の挨拶で理解出来た。

ミスキックしたのか、攻めることを放棄したのか。

ラインぎりぎりからのキックは蹴ったのだろうか……

吉田が学卒後一年でしたことを、この男は二十数年かかっても出来なかったのだ。

玄関のチャイムが鳴った。この時間の来客と言えば久仁子くらいのものだ。研一なら鍵を持っている。お隣さんが回覧板を持ってきたのかな……。

「はーい。どちらさん？」とドアの覗き穴から見ると、理と同世代の青年が立っている。

相手が返事をする前に、その青年にいつどこで会ったのかを、はっきり思い出すことが出来た。

②

ドアを開け「水嶋さん……ですよね？」と言うと、青年はうなずき「先日は有難うございました」と挨拶した。弔意を伝え精一杯の慰労と励ましを述べた。

「父の荷物を整理していましたら、梶村さん宛てのものが有ましたので……。もう宛名も書いてあるのですが、出し忘れたのかそのまま無造作に置いてありました。母が『切手を貼って投函するのもあの世から届いたみたいで変だし、直接持って行って』と……」

「それはどうも。何でしょう？」

「さあ……本か何か、固いものが入ってるみたいですが……」

ある予感が走る。

お上がりください、と勧めたが「いえ、ここで結構です」と言ったその息子の固い表情にたじろいだ。

茶色い書籍用の封筒に、菜苗の住所氏名が書かれている。いぶかるその青年の前で開けるべきだと直感し、「開けますね」と言うと、青年はうなずいた。

開けると、予想通り一本のビデオテープとメモがあった。メモに「菜苗へ」とある。

『現物ではないが、これを公平に届けてやってくれ。はるか二十六年前の約束を果たしたいと思う。某議員にはテープ化していないとかフィルムが全てだとか言った訳ではないので、これは詐欺ではない。金と交換したのだから何を言っても言い訳だが、映研との約束は覚えていた。だが、約束の二十五年目前後に夜逃げを含む大混乱が予想された。フィルムのことに構っておれない、姿を消すことになるかも知れない。いろんな可能性を考え吉田に預けたのだ。会社の危機は慢性化していたが、恐怖の錬金術で乗り切った、いや危機を先送りしていた。あとは君の知る通りだ。今午前三時、君・隆士と呑んだ直後』とある。

ああ、あの夜だ。あのあと水嶋はこの封筒をこさえたのだ。

青年が何のテープですか？　という顔をしている。

「お父さんが二十六年間預かってくれていた学生時代の記録フィルム。それをビデオテープにしたもの。送ってくれって先日頼んでたんです」

「全共闘の……ですか?」

「えーっ、お父さんから聞いてたの?」

「いえ母が……多分そうだと……」

「そう。どうして分かったんだろう?」

青年はそれには答えなかったが、自分も母親も、父親の内外の振舞を決して快く思ってはいなかったのだ、それは分かってくれという顔をしている。

「これはね映画研究会、私もそこに居たんだけど、そこのものなの。お父さんはそれを預かってただけなの」

「いえ別にどこのものでも……父とそのテープにどんな関係があるか知りたいとも思いませんし……」

このテープの中身は、父親が繰り返して来ただろう身勝手の、その一部に違いないとこの青年は直感しているのだ。そうではないと断言する言葉も、青年の心を癒す台詞も思い付きはしなかった。

駅まで車でお送りしましょうと言ったが、結構ですと断り帰って行くその青年のかたくなさに、菜苗はいささかの不快感も持ちはしなかった。いまは言葉にならない想いを貯めて、父の死を受け止めようとしているのだろう青年の、夜道を行くその後姿を階段の踊り場まで出て見送った。

それにしても水嶋め、増本から五百万せしめた上に、ちゃっかりとビデオテープも残しておくなんて……。最後まで彼一流の作戦を駆使したな……。

時計は一〇時前を指している。遅いかなとも思ったが、はやる気持ちで病院の百合子に電話をかけた。いつになく交換からの取次ぎに時間がかかり気になった。

「百合子さん。喜んで下さい。ありました。フィルムをビデオ化したものが有ったんです」

「……」

「どうされました、何かあったんですか？」

「……」

アパートの前の土手を行く公平。あの時は振り返らなかった公平が振り返ってこちらを見ている。「よかったな菜苗。隆士とやって行ってくれ。僕は遠くからずっと応援しているよ」と言う。違うのよ、私には二人が必要だ、二人からもっともっと色々学びたい。待ってよ公平！ 待ってったら……。白黒画面のスクリーンの中、何も言わず微笑む公平がスーッと消えて行く。向日葵が微笑んでいた。


午後九時二六分、田所公平は息を引き取った。やはり時間は無かったのだ。やっと、やっとビデオが手もとに届いたのに……。その時刻はおそらく水嶋の息子が、あのビデオを手に駅からの道を菜苗のマンションへと歩いていた時だ。あと二・三日、いやあと一日でも……。

受話器の向こうで百合子がすすり泣いている。

「ごめんなさい！……間に合わなくて……私……」

「いいのよ。隆士さんとあなたに会えた、フィルムを探してくれている、それが嬉しいって言ってました。本当にありがとう……」

前の日曜日、テレビのニュースで水嶋の事故死を知った公平は「もうフィルムは見つからないかも知れない」と言ったという。百合子は元気付けようと、菜苗から聞いたことを伝えた。フィルムが存在していること、それは誰かが水嶋から買って持っていること、いま菜苗がその手前まで辿り着いていることを告げた。それは誰かが水嶋から買って持っていること自体、奇妙な話だ。公平は「どうかな……?」と言って「僕が逝った後もしフィルムが出てきたら、映研のメンバーに渡すよう菜苗に伝えてくれ」と言い残したという。

「菜苗さん、それと言いそびれていたんだけど、私ほんとは……。」

「奥さん?」

「いえそうじゃないんです。高校の演劇部で二年上でした。この街で役所に勤めてます」

「そうでしたか……いえ何となくそうじゃないかなとは……」

東京・B出版社映画部あるいは菜苗が知らないその後の場所。そこでの仕事、生活。公平はそこから大阪に舞い戻り泉州のその街で役所に勤め、児童を対象に行われる事業の政策と実施に携わって来た。児童館の館長をしたりする中で、紙芝居、人形劇、アニメ映画祭り、作文教室や絵画展などに取り組んでいたという。同じ高校同じクラブの先輩後輩ということもあって関係を続けていた。東京にわずか二年で別れた妻と娘が暮らしているはずだが、全く音信不通、その所在も判らないという。別れたいきさつも知らないけど……前の奥さんにはともかく娘には逢いたいだろうとも思うのに、その話も出来ないままになった。

母子で生きて来た百合子が公平と一緒に暮らし始めたのは、結局彼女の娘が結婚した五年前からだった。

菜苗は思った。どこか似てるな自分たちと。


研一が帰って来たのは一二時を過ぎてからだった。工房は近隣との関係があり、この時間までの作業はありはしない。

珍しく酔っている。

菜苗には分かる気がする。秀美に対する未練や執着、別れてしまったことへの後悔や反省……そういう感情とは違う感情。だが自分の中にそれを着地させる場所を見つけられないのだ。着地しようにもそこは水溜りだ。

「研ちゃん。大変だったね。お疲れさん」

「一週間も悪かったね。手の骨折と顔を何針か縫ったけど、まあ軽傷の範囲だったよ。あんたもあの人が亡くなってフィルムの件が宙に浮いたんじゃないの?」

「うーん、水嶋さんに色々聞けなくはなったけど……はっきりしたこともあるし……それより……」

公平の死を伝えた。増本が間違いなくフィルムを買っており、ビデオがあるという偽情報に動いたことなどを伝えた。水嶋の葬儀を伝えはしたが、秀美と美和のことは聞くことが出来なかった。

水嶋の息子がテープを届けてきたことを伝えた。話が途切れかけたとき、研一が言った。

「オレはどこへも行かない。ここへ戻って来たんだよ、菜苗さん」

「……」

菜苗は理のテープが並ぶタンスの上のケースに手をやり問題のテープを出した。

このテープの中に、増本が五百万も出して手に入れた理由が隠されているのだ。まだ起きていた研一に話した。見ようと研一が言い、ビデオをセットした。屋内外で繰り広げられる各学部の学生集会が単調に映し出され、テープになったフィルムは始まった。単調な上に音声が無いので眠気を払うことは出来ない。途中で寝てしまった。

翌朝研一に聞いたが、研一も「最後までひと通り見たけど、五百万で買う理由というのは分からんかったな。ストーリーもナレーションもない、音もない。結構疲れるよ」と言う。時々激しい場面があったとも言った。

公平が言い残した通りテープを映研に渡すにしても、その前に公平の死に間に合わなかった原因をはっきりさせなきゃ……。

水嶋が金に替えたことを隠す為に仕掛けた迷路に余計な時間を費やした。辿り着いた増本は買ったのではないと言い、フィルムは手元にないと言う。いまここにテープがあるのだ。水嶋が売り、増本が買わねばならなかった理由を見つけるぞ。

死を前にした人間が求めていたのだ。しかも決して他者に害を及ぼさないものである限り、たにどんなに一人よがりの子供じみた求めであっても、誰にもそれを阻止する権利は無い。公平は死んでしまったんだぞ！　その理由を見つけて公平に報告するのだ。そうしなければ私のフィルム探しは終わらない。そうしなければ、ついにフィルムに再会することなく逝った公平は納得するまい。

菜苗は安川を訪ねた「なみはやユニオン」という事務所で「衝動……分かっていただけます？」と言ったその衝動を自覚出来た。もはやこれは私自身のことなのだ。

「研ちゃん、私も時間を作って何度もみるけど、研ちゃんも見てね。このテープに必ず何かあると思うのよ」

「ＯＫ、ＯＫ。何だか他人ごととは思えなくなって来たよ。その増本ってのに売った水嶋っていう男、秀美と事故ったんだもんな」

「不思議な巡り合せだね……私も約三十年が一度に押し寄せて来てフラフラなんだ」

「思うんだけど菜苗さん、実は話に出てきた人間みんな好きなんだろ。そんな感じがするよ」

「えーっ？　そうじゃなくて、私の二年で辞めてしまった大学生活って、空っぽで……だから少しはひいき目になるかな……」

「そうかな……。周りはしっかりしてて、あんただけが空っぽだったなんて……そんなことはあり得ないよ」

研一がトーストとハムエッグの朝食を作りコーヒーを立てた。

研一が朝食をとっている間、隆士と久仁子に電話を入れた。彼らもすでに公平の死を知っていた。通夜は明日葬儀は明後日、いずれも病院の近くの市の公民館とのことだった。

久仁子に水嶋の息子がテープを持って来たことを言うと、「なーんだ。水嶋さんが持っていたのか……許せないねあいつ。それなら公平に見せてやれたのに……。そいで、フィルムを買った奴って件。あれはどうなったの?」

先日テープがあると言ったのは作り話でその理由は、とその経過を長々と説明する気力は無かった。

「こんどゆっくりビデオに辿り着くまでの物語を聞かせるわ。じゃあ」

コーヒーを飲んで、会社へ向かった。


デスクに社長からのメモがある。「今日午後Y建設に行く、たまたま例の先生が来られるので、あなたも同行するように」

まさか! 増本が早々と手を回したのか? いくら何でもそれはないだろう。公平の死を知っているのか。テープを早く手に入れたいのか。

「社長、今日の件はいつ決まりました?」

「今日の件って?」

「Y建設に行くっていう……」

「ああ あれね、いや昨夜Y建設の営業部長を接待してね。その時、あした先生がお越しになるってことでね。君を連れて来いって部長がね。自分んとこと先生との接点として君を利用したいのだろ」

「かんべんして下さいよ。私がそういうの苦手だってご存知じゃないですか」

思い付くままああだこうだと並べ立て、やっとのことで、きょうのY建設行きを断った。社長の落胆ぶりは少々気の毒に思えたが、いずれやって来る結論だ。早い方がいい。

ともあれ今日の件は増本から動いたのではなくいくらかほっとした。だが、こちらから動かねばならない。死者を鞭打つ奴はどこにでもいるのだ。菜苗は岩田開発興業に電話した。

事務員に、緊急の用件なのでお帰り次第ご連絡下さい、と伝えておいた。


夕刻、増本は電話を寄越した。

公平の死を伝えた。

「若いガンは速いな……。あのフィルムまだ見つかりませんで……ご連絡しようと思っていたのですが、バタバタと忙しくてね……。田所には申し訳ないことをしたな。僕が見つけてさえいれば、見せてやれたのに……」

「いえ、公平さんは見たんですよ」

「えっ、どういうことです？　あ、いやそりゃよかった」

「ご存知ないんですか？　あったんですあれ」

「あれって？　ああビデオテープですか」

「よくご存知ですこと。テープがあることが分かってみなさんに連絡してから、まだ十日も経ってないけど」

「誰かが言ってたからね」

「誰かって？」

「色々付き合いあるから……」

「そうですか。……話は変わりますけど、Y建設に何かおっしゃって下さったの？　奥さんがどうとかって……何？」

「いやいやふと君を思い出してね、どの道どこかに外注するっていうから、なら君んとこへと思ってね、ちょっと言っただけだよ。それから女房の件はね、女房が映研を知ってるらしい。昔、撮影してるK大映研に出会ったそうだ。その時シナリオも貰ったらしい」

「やっぱり……この間お会いしたときに岩田組って名からぜーんぶつながったわ。あの時の女子高生……そうでしたか。憶えてるわ、でもシナリオなんてあげたかしら……」

「それでテープは田所のところにあるのかい？」

「どうなったのかな……。映研の誰かが預かったんだったかな……どうして？」

「いや、もしフィルムが出て来たらそいつと交換してもらおうかなと……」

「ああそりゃいいわね。テープ見つけておくわ。あなたもフィルム探しておいてね」

景気はどうですか。いやご存知の通り建設土木は大変だよ。そんな仕事挨拶を少々繰返し電話を切った。

フィルムをまだ持っているのだろうか。いやそんなことはあるまい。テープを手に入れたいだけで交換などと言ってるのだ。向こうも思っているだろう、菜苗がテープを持ってるのかな、皆がテープを見ただろうか、そして……と。

ちょっとしたキツネと狸だな……。

やはりあの日の女子高生が彼の妻だと確認すると、昔公平が言った「映画好きに悪い人はいない」という台詞を思い出し、奇妙な気分に襲われた。お茶をすすりながらふたつの山を見ていた畦道、崖、その時間と香り……。

夕食後見始めた。「一九六九年九月二九日、撮影はこの日をもって一時中断する」と文字が出て終わる。黒い無録画の画面になる。終わっては巻き戻す。もう三回目だ。何台かのカメラが撮影したのだろうか、同じ場面のように思えるシーンがしばらくして別のアングルでまた出て来る。集会や大学への抗議行動がある。演説する水嶋と歓声に湧くあの学生大会も写っていた。途中までは昔見たはずなのに、全く見てなかったんだと菜苗は思う。その内容には記憶がなかったが、映像は記憶通りぼやけていた。

右翼学生が手に手に木刀を持ち集会を襲い、クモの子を散らすように逃げ惑う学生の姿がある。多分初期の頃だろう。

かと思えばグランド横の中央通路を挟んで、鎧のようなものを付け武装した一〇〇人くらいの右翼学生と、同じく一〇〇人くらいの全共闘が対峙しやがて激突するシーンがある。学舎の屋上かそれともグランドのスタンドから撮ったのだろうか、全体像を俯瞰している。思わずその成り行きに身を乗り出してしまう。二分ほどのその「戦闘」が、子供の頃近くの神社で見たチャンバラごっこに似ていると言えば、当事者は怒るだろうか。だが最初各所で激しくやり合い、やがて全共闘が一気に相手を圧倒すると、奇妙な感情に動かされる。多分これは全学バリケードスト直後ではないだろうか。そこに居なかった菜苗にはよく分からない。

このシーンのところで研一が二度とも拍手した。「よーオジサン。がんばってるね」といった悪気のない茶化しなのかも知れない。恥ずかしさに似た感情が押し寄せ、菜苗は思わず「研ちゃんやめてよ」と言った。

どちらが生傷を負ったとしても、この俯瞰映像からはその痛みは伝わって来ない。すべての「暴力」を否定する気持ちはあっても、このシーンの成り行きに身を乗りだした自分の感情を整理出来ずにいた。

暴力を行うこともそれをはっきり否定することも私は出来なかった。暗い気持ちに支配され、もう見るのをやめようかと思ったとき、菜苗ははっと思い付いた。

テープを早送りして、気になるシーンで停止再生してみる。集団激突をグランドで人間の目線で撮ったものが少しだけある。撮影者も混乱の中にいるのだろう、カメラが激しくブレる。撮影と停止を小きざみに繰り返したのだろうか、どのシーンも五秒や一〇秒のコマ切れ状態だ。

さっきまでの二回は、「さっきの俯瞰映像の目線ヴァージョンだ」と何気なく見ていた。目を覆いたくなるような暴力シーンが有るわけではなく、こぜり合いやどちらか一方が逃げ出したりが繰り返され、どなり合っているのだろう何人かのアップがある。

研一が「これだけちょっと変だな」と言った。

確かにただ一つだけ他のものと様子が違っていおり、そこに菜苗が知る人物らしき顔もあった。剣道の防具を付け、手に木刀を持った白装束の男が倒れている。その倒れた男を殴打しようとする人物とそれを押し留めようとする人物が写り、倒れた男が立ち上がり去って行くまでのわずか五秒間だ。立ち去る男が足を引きずっているように見えるが、手前のその二人の姿にさえぎられよく分からない。だが、手前の二人の顔は写っている。よく見なければ分からないが、菜苗が知る人物だ。そこで場面は別のところに飛ぶ。

殴打しようとしているのは増本、押し留めようとしているのは公平だ。公平は撮影を放棄しキャメラを誰かに渡し、思わず目の前で起こっていることに口を挟んだのか。

公平がカメラを誰かに渡すまでに何があったのか想像はつく。その出来事を無条件に肯定する気もなければ、増本を責める気もない。あの大学に限らずよく似たことは、それこそ大学数かける日数分あっただろう。また、その出来事は時と場所を代え、全く逆の立場で起こっていたろう。増本が足を引きずり去って行く側であっても全く不思議ではないのだ。事実、あの大学では激突のその日まで、多分増本の側がその立場を引受け続けて来たのだ。それは誰もが知っている。しかし……。

この場面だ。他に増本が写っている場面があったとしても、彼と特定できるのはここだけだ。玄関のチャイムが鳴って、予想通りの女がやって来た。久仁子だ。

「あら、テープを一人占めして見てんの？」

「そうじゃないの！」

菜苗は今朝言えなかった「ビデオテープに辿り着くまでの物語」を長々と喋った。

「ふーん。何だろうね。増本さんがそんなにまでして、フィルムを葬ろうとしたの……」

「それらしきものを発見したのよ。見て。久仁子なら思い当たることがあるかも……」

同じ場面を二・三度見て、久仁子は言った。

「たしかに手前の二人は、公平と増本さんだな……公平、こんなところに出てやがる。そうだ、あたしは経済の屋上から撮ってたんだ。……公平死んじゃったか」

「何か思い当たる？」

「ひょっとしたら……分からないけど、ひょっとしたら……」

「何？　何なの？」

「誰がはっきり知ってるかな……そうか水嶋さんは知っていたんだし、公平はここに写ってるよね、知ってて当然だな。二人とも死んじゃったね」

「何なの？　言ってよ」

「あたしの想像よ。間違ってるかも……」

「誰かに確認すれば、はっきりする？」

「係りたくないな。増本さんが特別非道なことをした訳じゃないもの。あんなことはあったのよ色々。菜苗はいい子ちゃんだからね。見なくて済んだというか、見なくていいような場所を選んで生きてたもの……」

「……」

「ごめん。あたしも変わらないんだ。あたしにも菜苗にも、あの大学の女みんなに責任あるんだけど、ありゃ『男の子の文化』だよ。思わない？　あの大学ではあの時代ぜーんぶ『男の子の文化』だったって……。またぞろそれに振り回されるなんてまっぴらよ」

いつになく棘々しい久仁子の態度に圧倒され次の台詞を吐けなかった。久仁子は続けた。

「言っとくけど、あたしは係らないわよ。それと、あくまであたしの想像よ。当時噂になった事件がこれかも……誰かに確認してね」

「判った。そうする」

「その倒れている男よ。この男が問題なのよ」

大学側も関係しているというその事件の記憶を呼び起こそうとした。だが闘争から離れたところに居た菜苗にその記憶はない。

教授なら何か知ってるかも……学生はお互い庇って何も言わないだろうと久仁子はいった。

画面は問題の場面で静止している。その画面をぼんやり見つめ、久仁子がぽつりと言った。

「公平死んじゃったか……」

絞り出すような声だった。

十、友

①

もう一時間近く経っている。こうしてワイワイガヤガヤと語り続ける人々の会話が、いまはひとつひとつ苛立たしい。映研に恨みがある訳でも、誰かが特に不快だという訳でもない。死者の通夜の後とはいえ、久しく会うことのなかったそれぞれが、この機会にこうした席を持つことに異論がある訳でもない。

公平の通夜はこの街の仕事仲間を中心にとり行われた。公平の年老いた母親の慟哭と、百合子の無言とが、ひとつの対をなして菜苗に迫ってきた。

映研の先輩後輩が多数来ていて、中には東京や名古屋から駆け付けた者もいる。親族や職場の人々に後を任せ、映研のメンバーは今こうして居酒屋に居るのだった。

久仁子が手配した席は二十だが、それでも席は足りず詰め合って坐った。久仁子のこうした気配りは時に煩わしくともやはり貴重なものだ。彼女は土足で人の気持ちに踏み込むように見えて、実は中々の配慮の中でことを進めている。久仁子との高校以来の「友情」が途絶えることなく続いたのは、多分自分よりも彼女の配慮のおかげだ、と菜苗は思う。

菜苗はきのう久仁子から聞かされた、当時の理事長松本の甥が重傷を負ったという事件のことが気になる。

あの「戦闘」場面がその現場であり、倒れていた白装束の男がその甥なのか。増本が隠そうとしているのは、その男を殴打した当事者だということなのか？　よほどのことがない限り、多分誰もあのフィルムから増本を特定できはしないだろうに……。

そしてその現場には公平もいたのだ。公平にテープが届いていれば、事実関係も分かったろうに……。

きのう久仁子が言った「男の子の文化だよ」という言葉を考えた。久仁子の「前」を見て生きて行く自分にはない姿に、どれ程教えられたことか……。そう思えばこそ久仁子のいくつかの事件の度に聞き役もして来たのだ。

その久仁子にあちこちから声が掛かる。宴会娘・手配師に始まって果ては客引きババァにまで至るその呼称は、いずれも親しみとある評価に満ちていた。そうか、私が大学に居たころも、去ってからもこの人はこうやって男と渡り合ってきたのだ。自分のスタイルを作り、ＹＥＳはＹＥＳ、ＮＯはＮＯと主語を持って語って来たのではなかったか。

学生ロビーで久仁子に鋭く質問されたことがある。菜苗は長イスに腰掛け詩を読んでいた。六九年五月のことだ。学内は「決起」に向けざわめき、ピリピリとした空気も漂っている。誰もが地震を事前にキャッチする動物のように、「決起」をあるいは期待しあるいは恐れている……そんな頃だった。

通りかかったのか急に背中をトントンと叩いて「どうすんのよ?」と言う。菜苗はてっきりその「決起」への対処を聞かれたと思い、「私は何も出来ないヨ。文闘委と動けないし、映研でそれを撮影する根性もないわ」と言うと「まだ撮影するとは決まってないのよ。そうじゃなくて、隆士と公平。どうすんの?」と睨んでいた。

そんなんじゃないと答えた。久仁子は、映研ではあんたと隆士をそういう風に見てるし、文闘委では逆にそれが映研の公平だと思っている。中には二人と寝た女と噂するバカな奴もいる。それは全部あんたの責任だと言った。隆士も公平も自分の気持ちを表現しているじゃないか、それを知っててなお女王様を続けるのか、このお嬢さんめ、とも言った。

「私はそれを認めない。認めたらこうして辛うじて学生を続けている私が、私が潰れるよ。そうだと認める自信がないのよ自分に……」

「そんなことで潰れるんなら、早く潰れた方がいいんじゃない?」

その時は何と無礼なと思いもしたのだ。久仁子がどちらかにNOと言え、いつまでも彼らの表現に応ずるのは無神経だ、応じているのはYESなのだと言うので、NOという根拠が無いと答えると、YESでないものは取敢えずNOとするしかないのだ、本来YESの方こそ根拠が要るのだよと彼女は言った。

そんなインチキ綱渡りを続けてりゃ全部失うよとも、結局あんたは自分が可愛いいのよとも言った。

久仁子がその年の初めの単独ストはもちろん、その後も一貫して文闘委の隊列に加わらなかったのは、YESという根拠を持てなかったからだろうか。そんなに難しく考えていたのではないにしても、久仁子は確かにその日その時を主語を持って語れる人ではあった。

夏の終わり、久仁子の言った通り「早く潰れ」たし、「失った」のだが、彼女が言ったことを理解するのにその後三十年近くかかったのかなと今思う。

誰もいないロビーに一人残り、開いていたページは今でもはっきり憶えている。


新幹線の最終にはもう間に合わないだろう。遠方からの者で残っている者は誰か旧友のところにでも泊まる予定だろうか、明日の葬儀にも列席するのかな。近くからの者も、明朝の予定によって順次帰って行く。十四・五人ほどが残っていた。

隣に菜苗の記憶にない男が寄って来た。

「梶村さん？　先日ビデオの件で留守番電話に入れておいた……」

男は名刺を出し、故郷で実家の酒問屋をしている、街の映画館が廃業になってそれを市で買取り週一回の上映会をしている、時々コンサートや芝居もやっているのだと言う。その買収計画を超党派で進めたが、周りから維持出来るのかと追及され大変だった、今なんとか無事運営しており私はその運営委員長だとも言った。

ビデオテープの話になり、何人もが寄って来る。それはどこにあるのか、みんなで見ようや、あの時は危険の中よく撮ったよな、上映会の日全共闘め暴力で強奪しやがって……口々に語り始めた。六九年夏、途中だったフィルムの試写をした学生寮を思い出す。あの時もやはり彼らの多くは「報道カメラマン」の困難を自慢し喚声や拍手が飛び交っていた。

菜苗は作り話をするしかなかった。増本がフィルムを買ったとは言えないし、まだ確定した訳ではないその理由はもっと言えない。公平の依頼から始まり、やがて我がこととして動き廻ったこの二か月を言ってみても……。

「ビデオテープは先日亡くなられた水嶋さんが、水嶋さんご存知？　東大阪で工場なさってる……。上映会の日、最終的に彼が預かったんでしょう？　で、彼がフィルムでは劣化してくっついちゃうとのことで五年前にテープ化していたんです。七一年の上映会から二十五年目という約束の九六年、ご自宅や会社を探されたそうですが見つからなかったそうです。映研からも全共闘からも連絡はなく、そのうち忘れてしまったそうです。そのテープは私が預かっています。病院にいた公平さんから頼まれ水嶋さんを訪ねました。そして見つけてもらいました」

誰かが言った。

「ああ、あのペテン師の水嶋ね」

別の誰かが言う。

「公平がフィルムを見つけてくれって言ったんか？」

「けど、どうして菜苗に？」

「あれは公平の宝物だからな。身体はって守ろうとした者の執着かな」

「菜苗はほらほら隆士を通じてさ、水嶋たちのグループに人脈があるからさ」不愉快な応答が続いた。

会話が交錯する。何故かみな嬉々として話し始める。酒のせいでは済まされない言葉も飛び交ったが、映研には半年、大学にも二年しか居なかった負い目か、言い返せない。

やっとの想いで、その会話の弾の雨をさえぎるように菜苗が言う。

「みなさん。で今日は映研にお返ししょうと思い持って来ました。公平さんが映研に渡してくれと言い残されたそうですので……そうしたいと思いますが、少し気になることが有りますので二週間ほど待って下さい。で、その間みなさんで受け皿を作っていただく……これでどうでしょう？」

「気になることが有るって何だよ。全共闘との約束かい？　あんなもの誰に言ったらいいか判らんじゃねぇーか。二十五年目に何も言って来なかったんだ。立場放棄、放棄だよ」

「公平の指示だって、ありゃもともと映研のものだよ。彼が一人で撮影した訳でもないし、確か六九年の夏の終わり東京へ行っちゃったしな。それにもともと撮影に反対していたんだぜ彼は。もう不可能だった『崖』続行を頑固に言い張ってさ……」

えっ。公平は撮影に反対していたのか！

ターミナルでデモ帰りの隆士や水嶋の文闘委に出会した時、続いて部総会の帰りだという彼ら映研に出会った。

その時、久仁子は「明日から撮影すんのよ」とはしゃいでいた。その総会で学生会脱退を決めたことは後に知ったが、公平が撮影に反対したとは知らなかった。

いま誰かが「崖」がもう不可能だったって言ったな……どういうことだ。菜苗は皆の会話の裏にある感情や、闘争記録の撮影と「崖」中断に至る事情が判らずひるんだ。

誰かが「あの撮影はちゃんと全共闘と話しをつけて始めたんや。撮っといてくれって言ったのは全共闘やぞ。それをやな、上映の段になってとやかく言いやがって……」と言うと、違う誰かが言った「そうだ。危険を犯して撮影したのは俺たちだ。きょうはどこで何がある、明日はどこそこで何があると、ちゃーんと情報掴んでたさ俺たちは。裏と裏で話しつけて……出来レースさ」

その場に一瞬沈黙が走り、何人かが不快だという表情を見せた。

菜苗はその表情にやっと救われた。

隅で聞いていた久仁子が立上った。


あんたたち、よくそんなことが言えるわね。確かに公平は撮影に反対した。あの総会で撮影に反対したのも、七一年上映会に反対したのもあたしと公平とあと三・四人だけだったからよく憶えているわ。いろんなミスも重なって「崖」は中断していたわ。確かにあの年はもう不可能だったと思う。公平も記録フィルムに活路を見出したんだろうな……あいつも甘ちゃんだ。

あたしはヤジ馬根性で、「闘争」を撮影出来るとなって反対してたことがどこかに吹っ飛んじゃって……バカだった。

今あんたたちが口々に言ってる言い分、それよ、それがいやだから撮影に反対したのよ、公平は。全共闘の主張と行動に同意するかしないかにかかわらず、撮影する者のスタイルを掴めないまま、まず撮影に入るというのがいやだったのよ、公平は。

途中で東京へ行っちゃったって？　なら、どうして上映会のとき呼び戻したのよ！　ふざけんじゃないわよ。行けないって葉書が来たでしょう！　あれを受け取って握りつぶしたのは誰！　もう一度「どうしても」と電報打ったでしょ。名乗り出なさいよ！

九六年に誰か「約束の二十五年目だ」って動いたの、誰もがそんなこと忘れてて、ただの一人も動いちゃいないよ。映研も全共闘も……あたしも……。

もともと映研のものだったって？　あんたらは七一年の上映会の日にフィルムを放棄したんだよ。フィルムを守り通そうとしたのは公平じゃないか！　あたしは上映会に居て一部始終を見てんのよ。いいかげんなこと言わないで、知ってんの？　あの上映会の日公平は骨折してたんだよ。あのフィルムはあんたらのもんじゃない。全共闘のものでもない。公平のものだ。

あんたらは七一年に棄てたんだよ。そしてさ、二十五年目にもう一度棄てたんだ。あたしもそうだ……。全共闘もいっしょさ。

あいつら暴力で奪ったことも、公平を負傷させたことも、あの約束も忘れているさ。

約束は二十五年目に写した側と写された側その双方が集まって、フィルムの処置を決めようってなってんのよ。誰かその音頭取りする？　しやしないんだから皆さんは。

いい、今菜苗は全部を言わなかったけど、このテープには大変なことが写ってんのよ。ある男がその場面に怯え、テープを求めて今あの手この手で迫って来てるんだ。映研に返せというならどうぞその件も処理してちょうだい。知らないよ。内ゲバ絡みかもね。

大演説だった。途中から泣き声だった。皆黙っている。

最後に久仁子は言った。

「あたし公平に惚れてたからね。あいつの気持ちを追っかけてやってたみたいなもんだもんね、ちきしょーう!」

久仁子の涙を初めて見た。最後はかすれ声になりながら、約三十年貯めていたものを吐き出したのか、クシャクシャになって泣きながら、どこかサバサバしている。

もう誰も映研に返せとは言わなかった。

菜苗は思う。久仁子! あんたこそは親友だ。私のたった一人の親友だ! 昨日の棘々しさが理解出来た。

久仁子が隣にやって来た。

「へへっ、白状しちゃったな」と舌を出しベソをかいた。

白けた座はもうもたなかつた。二人三人と席を立つ。彼らに久仁子が念を押した。「公平の同居人に渡すよ。文句無いわね」皆押し黙ったまま薄笑いを浮かべている。

久仁子はどうやって女一人立つ方法を身に付けたのだろう。羨ましかった。

二人っきりで呑んだ。久仁子に甘えたかった。頼もしく思えた。

故郷の街で廃館になる映画館の買取り運動をしたという酒問屋の男が戻って来た。

「お話はよく判りました。あの撮影のとき僕は新入生でフクワクドキドキしながら撮影してました。久仁子先輩に憧れてました。今日は本当にいいお話でした」

「やめてよ、あたしの個人的な言い分なんだから……」

「いいえ、思うんですが、その『個人的な意見』こそが大切だと思います。うまく言えませんが」

いくつも齢の違わない、今は頭も多少薄い大の大人を捕まえ、久仁子は「ぼうや、みんないっしょだねえー」と言って男の唇にキスをした。男がびっくりして目を丸くしている。優しい男だった。街の映画館の継続と発展を願って三人で乾杯した。

友人の家に泊まりますのであまり遅くなっても……と彼は帰って行った。又二人になった。久仁子が正面向いてあらたまって言った。

「びっくりした?」

「何? 今のキス?」

「じゃなくて、あたしの告白。あれ本気よ」

「ああ公平に惚れてたってあれ?」

「だって、公平はずっとあんたを向いてたからね……言えなかったな。あたしにだけ白状させて……ズルいぞ」

「えっ? 何が?」

「またそれだ。もう時効じゃない、教えてよ」

「ああ隆士?……でもそれは昔のことだな」

菜苗はさっき通夜に来ていた隆士に言おうとしたのだ。あなたは市長候補は増本だと知っていたのだろう。きのう研一と何度もテープを見て見つけた事実。久仁子から聞いてほぼ確定した、増本が殴打したその男の正体、それも知っていたんだろう。どうして言わなかったのだ、と。

だが、言えなかった。たとえそれが告げられていたとしても、増本がフィルムを焼却したり持っていても出さない以上、そして水嶋が死ぬまでテープを出さなかった以上、どの道公平の死に間にあわなかったのだから……。隆士の考えを聞いてみたところで、もう意味はない。それは私の気持ちの整理だけの問題、つまりはエゴだ。


「公平は骨折してたの？　久仁子。上映会の話は何度も聞いたけど、骨折のことはずっと言わなかったわね」

「あたしも知らなかったのよ。大山教授に聞いたんだ。上映会の日、あたしもバイバイ又ねって元気に別れたんだから……。違うんだって、病院に直行よ。足の甲の骨折だったって。多分、東京に戻って例のB出版映画部？　あれ出来なかったんじゃないかな……」

フィルム・リールを抱きかかえ、打ちのめされている公平の姿が浮かんだ。

反対していた撮影に参加したのは映画青年の本能からだろう。

その撮影でカメラを放棄して目の前の出来事を思わず止めたのだ。上映会に呼び戻されそれに反対しながら、他の誰よりもフィルムを守ろうとしそして骨折したのだ。

公平！　あなたは死んじまったんだ。もう会えないのか……土手を行く公平の姿がまた浮かんだ。

「隆士のことは判った。で、公平は?」

「えっ?」

「えっじゃないでしょ」

「ひつこいわね。決まってるじゃないの、好きだったよ。あなたに負けないくらい」

「だろうな。こいつ!　二十八年前と同じこと言ってやがる。やっぱり惚れてたんだ」

違う久仁子、と言おうとして黙った。惚れていたのではないのだ。公平への気持ちはまだ説明出来ない。

「二十八年経って、両方とも好きだったと言えるあんたも、言われる彼らも幸せ者だね。あんたは今でもおバカさんだよ」

けど私だって手ひどく打ちのめされ、そして失ったんだぞ。私は一度に二人も失ったんだ。分かってくれるか、倍しんどかったんだぞ。そう言う代わりに久仁子に逆襲した。

「久仁子、私憶えてるぞ。高校二年の秋あなたが突然、放送部から私たちの文芸部に移って来たよね。あれ、うちの岩城さん目当てだったよね。あなたが来てから彼はあなたばかりを向いていた」

「へえー、そうだったの?　あんた言えなかったたって訳だ。ハハハッ、おあいこか……」

「そう。お・あ・い・こ」

何を納得したのか久仁子は、周りにはばかることなく泣き始めた。

「公平!」と何度も叫び、「菜苗!　公平とも隆士ともセックスしなかっただろう。だからダメなんだ。何が彼らにその気が無かっただ、ふざけるなこのいい子ちゃんが……」と大声を出し、菜苗の頭をポカリと叩いた。

腕の中で泣く久仁子をあやすように抱えながら思った。それぞれとの出来事の記憶はある。彼らとの間に久仁子が言う関係があったとしても、私は同じことを言い、同じように振る舞えたろうか。そうしていたと言いたい。が、その自信は無かった。

②

井上を訪ねたとき走った道だ。市街地からニュータウンまでの未整備の道を走っていた。通夜の翌日、葬儀の時立ち話だったが「僕が知ってることは伝えましょう。ただし、暴露や政治的利用は断じていかん。約束してくれるかい?」と大山は言った。周りの目もあり話を打ち切った。結局雑用に追われ今日十一月第二日曜になってしまった。昨夜の電話でテープも持参することになった。

道の両側の木々はすっかり紅葉していて、井上を訪ねた日には気付かなかった谷川に架かる白い橋がその紅に映えている。何度もカーブを曲がった。

あの場面で立ち上がって去って行った男が、間違いなく元理事長松本の甥であり、その事実を隠さねばならない増本の理由がはっきり分かりさえすれば、テープと問題場面をカットしたフィルムとの交換に応じてもいい。もし本当にフィルムがあるのなら……。

教授宅へ急いだ。


六九年一月末のあの朝そこを通って出ていったはずの門を入った。当時木製だった門扉は黒いアルミ製に換わっている。出ていった朝、門扉がギーッと鳴ったのを思い出した。

吐く息が白く、手が痛かった。

玄関までの敷石は当時のままのような気がする。

庭で枯葉を掻き集めていた大山が振り返った。

「やあ、菜苗君。迷いませんでしたか?」

「いえこの地図は完璧です」と言うと、大山は微笑み
「自慢じゃないが僕の地図は皆が褒めてくれます」と自慢した。

テープを一度最後まで見せ、フィルム探しの物語、増本の動きを説明した。問題のシーンに戻り登場人物を解説した。

「確かに、増本君と公平君ですね。立ち上がって向こうへ行く学生は分かりませんね。いや僕は松本理事長の甥を知っているんだよ、僕の講義にも出ていましたからね。しかしどうでしょうか……」

「違いますか?」

「いや、そうとも言えんね。うーん、ちょっとこの映像ではね……」

「そうですか。じゃあ増本さんとその甥子さん……何っておっしゃるんでした?」

「北村……北村芳樹。そう北村芳樹君」

「北村さんですね。増本さんとその北村さんとの接点は分からないと……」

「いや、そうは言ってない。僕はこの場面のこの学生が北村君かどうか分からない、この映像では分からないと、そう言ったんです」

「どういうことです?」

「いいですか、菜苗君。もしフィルムのことで君が走り回ることがなく、さっき聞かせてくれた増本君の動きがなかったとしたら、そして問題の場面をカットしたフィルムが公平君に渡っていたとしたら、僕は今から話すことは言わないつもりでした。言う必要もありませんから……」

大山は「この話には谷口君ら数人とそしてもう一人増本君が関わっています。みんな文学部の諸君でした」と語り始めた。

理事長の対応への増本の青年らしい怒りや、隆士の説得は、あの当時あの関係の中では当然かも知れない。また当時の松本理事長の甥北村芳樹の負傷が、それが起こりうる事態に自ら進んで参加した結果であるとは思う。

理事長松本の激怒に私的に応える筋合いのないことは、菜苗とて充分理解出来る。

大山の話にわだかまりを持ったのは、語られた事実に対してではなかった。

隆士、知っていたんだな？　それだった。

十一、塔

①

観光客が差し出す煎餅に鹿が群がっている。谷口隆士は菜苗を待って、五重の塔の下にいた。下半身や背筋の冷えは年々増して行く。若くはないのだ。この季節、夜を待たず夕暮れにはもう冬が押し寄せて来る。だがこうした晴れた日の午後のいっ時、陽が差す数時間だけは秋だった。

先日菜苗が電話を寄越し「奈良のお寺に行きましょうか?」と言った時、最初それが何を意味しているのか分からなかった。

ＦＡＸを見て待ち合わせ場所がこの寺だと知り、放置して来た過去に滑り落ちるような気分に襲われた。

この寺この五重の塔、そこから連想されるのは「ＡＺ作戦」……そして増本だ。ひょっとしたら市長候補は……。

修学旅行の生徒だろう、済みませんがシャッターを切って下さいと近寄って来る。三人の内一番背の低い娘が、初めて見た時の菜苗に似ていた。

快く引受けシャッターを押そうとすると、後から「おじさん、張り切ってしっかり撮ってね」と声が掛かった。菜苗だ。

有難うございまーす、と一礼して制服少女が小走りに去って行く。

「おいおい、どうしてこの寺のそれも五重の塔の下なんや？」

「やっぱり居たのね？　あの時。六九年に」

「どうして知ってる？　悪趣味やな」

「八〇年頃だったかな、読んだよ『ＡＺ作戦の全て』ってやつ。あれに出ていたのよ。ここに来れば今日あなたが本当のことを言いそうな気がしたの。あの六九年の学生大会の前あたりから、あなたが何か重いものを抱えこんだような表情だったこともうなずけたわ。当時あの組織でＡＺへ向けて大変な混乱があったのね。それもあの本で知ったわ……。とにかくこの塔のことはあれに出てた」

「ああれに出てたか、僕は読んでいない。関係者が書いたなら外向けのもの、部外者なら面白おかしく、警察ＯＢならからかい半分にしかも犯罪性と手柄を際立たせようと実際より大きく……そんなところやろう？」

「誰が書いたか憶えていないわ。でも真面目に書かれていたような気がする。例によって難しい政治用語が出ていたな」

「ふーん。じゃあ外向けのお固い本やな」

「ここに集まって、引き返す者は引返そうとなって、六時間自由行動の後もう一度集まったら全員が再び来たって……それがあの組織の精神だったたって……」

「そう書いてあったのか？　違うな」

「違うの？」

「違う。全員やない。二人戻って来んかった。もちろん引き返した者も引き返さなかった者も、同じように逡巡していたことに変わりはない。いやむしろ、引き返した者には社会や人間が見えていたのかもしれんな」

「そういうもんなんだね。公式発表ってやつかな……。全員戻って来たという方がカッコいいのかな？」

「もともと全部カッコ悪いのに、部分で突っ張ってもなあ……」

「K大からはあなたとそして増本さんが参加してたんだよね？」

やはり市長候補というのは増本だったのか？


この寺はあの日以来、二十八年ぶりだった。

六九年九月。増本と参加した「AZ作戦」と命名されたある行動は、その組織が全勢力を挙げて取り組んでいるものとされていた。出発からすでに一週間。連日猫の目のように変わる「指令」への不安と苛立ちだろうか、参加者の表情から明らかに疲労が読み取れる。

西日本全域からやって来たメンバーはそれぞれペンネームを名乗り、その本名や人となりは、一日ごとに組変わる班編成によって互いに知らなくて済むように編成されている。

その夜、隆士は出発以来初めて増本に再会した。合わせた視線はお互い「どうする？」と語っていた。それは無謀だとか展望が無いとかこの組織は大丈夫かといった客観的な判断ではない。自分以外の人・物・組織・方針・戦術一切への評価、つまりは「AZ作戦」そのものへの評価を全て棚上げし、ただ思考停止の結果残る「どうする？」だった。誰もそういう評価は決着済みだからこそ、今ここにいるはずなのだから……。

分散して泊まった宿舎。新しい班へ移動する廊下ですれ違った女性が、ニッコリ微笑んだ。人々の殺気や疲労そして不安を癒す力を持った表情だった。その存在感が「どうする？」の全てを消し去る力を持っていた。

翌朝増本から幹部の一人なのだと知らされた。

増本が出発からその日までの一週間をどこでどのように過ごし、何を考えていたのか、その時はもちろん、その後二十八年の間も、ただの一度も話したことは無い。その後の増本について知っていることは何もない。増本に会い会話することは、あの行動そのものと当時の自分に会い会話することなのだ。それは出来れば避けたいことだった。

翌朝午前一〇時、五重の塔下の芝生に約三十名のメンバーが車座になって座った。円の内の中心に、その後ある事件で大いに新聞紙上やテレビ報道を賑わせた人物が座っていた。いよいよ「その時」についての話が始まるのか、そう思った。

だが、話は意外なものだった。

今思えば、ある種の選別だったのかも知れない。あるいは、「その時」に向けた休養だったのかも知れない。

しかし隆士は、詩吟を愛し古いバンカラ学生の雰囲気を漂わせていたその人物とその組織の、最後の「度量」のようなものだったと信じた。今も信じたい。

今ここで躊躇し引き返す者は後々の行動の足を引っぱることになるからと、それを振るい落とそうとしたのではなく、どのような理由であれ引き返す者は引返したまえ、皆自らの意志でことを進めよう、という「根本精神」だったに違いないと。

隆士はそれまでもその時も、それこそがその組織の美徳＝それは「大雑把」「チャランポラン」として「ありゃ『党』ではなくクラブだ」と揶揄される根拠でもあったのだが、その美徳に違いないと思っていたのだ。党じゃないと呼ばれた者たちが、塔の下にいた。

彼はこう言ったのだ。

「いよいよ各自の決断の時が来た。しかし、この一週間の『訓練』で疑問や再考も生まれていよう。再度最後の判断をする時間を持つべきだ。夕方までそれぞれが単独で考え、四時、四時に再結集しよう。もし来ない者がいても、その判断を尊重したいと思う。来たメンバーで出発だ。ただお互いこれだけは約束しよう、きょうまでのことは一切極秘。では、金のない者は申し出てくれ、二千円までの範囲で貸すことにする」

一人で若草山へ行き寝そべって晴れ渡る青空を見上げた。この先の行程は知るよしもない。だが不思議なことに、その不安や恐怖、「ＡＺ作戦」の無謀は一切考えなかった。引き返すという言葉は辞書から消えていた。

公平は東京で映画作りにうまく参加出来ただろうか。二人が居なくなった菜苗はどうしているだろう。

今車座の内から語った人物のリズムは水嶋に似ているなあ……。その人物の発言を、どこかいかがわしいなと全く考えなかった訳ではない。その時はそれを度量に基づくものだと思うことに決めていたのだ。

そうやってぼんやり空を見ながら、退路が断たれやがて瀧に落ちて行く流れの中、その流れに浮かぶ笹舟を連想した。流木にひっかかりでもしない限り、やがて瀧に落ちるのだ。その人物や水嶋なら言うだろう「その先にはきっと海があるんだ」と。だがそうした考えは全て言葉ではなく正に気分であった。実は何も考えられなかったのだ。

山を降り、大仏殿への参道にある観光客相手の茶みせで幕の内弁当を食べた。四百円だった。ラーメン一杯が七〇円から九〇円の時代、豪華な昼食だった。フラフラと商店街に出た。

本屋に寄り、いくつかの本をパラパラめくったが何ひとつ読んではいなかった。

パチンコをして、千円がアッという間に消え、残った六百円を持って外に出た。まだ一時だ。あと三時間どうしようかと思って立ち止まった時、向かいの映画館の看板が目にはいった。

三時間を再び近くの公園や寺院で過ごせば、自分が引き返そうという考えに傾いて行くことを自覚していたと思う。映画を見、それに入り込めればそうした考えから解放される。しばらく看板を眺めていた。

その頃には大女優になっていた元祖アイドル清純派スターが、鋳物工場が建ち並ぶ街の女子中学生を演じた「キューポラのある街」という映画を昔見たことがある。その映画と同じ監督の作品が、いまここで上映されている。時間表を見るとあと三〇分で始まり、三時半には終わる。ちょうどいい、これを見よう。映画館に入った。

四時前に五重の塔下の芝生に戻ると、すでに二十人近く集まっている。皆押し黙っていたが、それが周りをはばかってのことなのかどうか自信はなかった。「〇×大学歴史研究会」という小さなプラカードが、申し訳のように芝生横の柵に立てかけられていた。カモフラージュのつもりだろうが、かえって不自然だった。

四時一五分になり、さっきの人物が言った。「ここで締め切りたい。これまでと全く質の違う闘い、新たな段階の闘いを作り出す熱い決意を持って、来なかった者の分までがんばろう……」

隆士は人数を数え、二人が引き返したことを悟った。その内の一人が増本だった。

増本は引き返したのに、自分はそうしなかったのだ。引き返さなかったのは、きっとあの映画との出会いのせいだ。そう自分を納得させた。殆どこじつけの理由だった。

また班が編成され別々に出発した。それぞれ違うルートで東京へ向かった。夜行列車に乗った。

一月の山猫ストの後、教授宅へ行ったとき、翌朝「故郷へ帰る」と菜苗は言った。そのとき「参加しなくても良かったんだ」と言うと、菜苗は「ごめんなさい、みんなを見て思わず車に飛び乗ったのよ」と言った。夜行列車の中、その言葉を反芻していた。

出発する数日前の菜苗の部屋を思い出していた。その幼い肌が浮かんだ。

その日見た映画で、中小企業ではエリートだろう主人公が昔棄てた女のことで妻から罵られていた。棄てた女に再び逢ったことを責められている。その棄てられたミツという女がどうしても同じ監督の旧作「キューポラのある街」で、清純派スターが演じたジュンという少女の分身に思えた。ジュンは世の荒波や社会的矛盾に立ち向かい、逆境から経済的にも知的にも自立しようとする少女だ。

その日見た映画のミツという棄てられた女はドジでのろまだ。主人公Yは六〇年安保で学生運動をし、いわゆる「挫折の季節」を虚脱の中かろうじて生きている。集団就職で東京に出て来ていたミツと会い関係しそして棄てる。Yは勤務先の中企業の社長の親族である女性と結婚し、出世とは呼べぬ程ではあるものの一応の安定コースに座る。Yの苦渋の表情が痛かった。彼は何を棄てたのか?

ジュンとミツに共通点は無いに等しい。

だが隆士にはジュンとミツとが重なり、その日以来いつも分身のように自分の中に存在している。

映画の中で妻が「ミツ、ミツって呼ばないで。ミツはあなたにとって何なの?」と言う。Yが答えた「お前だってミツじゃないか」

隆士にはその台詞が「お前もYじゃないか」と聞こえ立ちすくんだのだ。ひ弱で半端な亜インテリの感傷であり、どこか高校生っぽい甘さだ。

棄てられないものが何か分からぬまま、若草山で空を見て想った人々を、それに当てはめていた。その中心に菜苗がいたのだろうか。あるいはジュンとミツを合わせると、そこに菜苗がいたのだろうか。


この国がキューポラのある街の女子中学生の希望を踏みにじり多くのミツたちを棄て、やがてあのとき見た映画のYらの勤勉によって繁栄を築き上げ、ますます棄てることを大量生産し加速して行ったことは間違いない。その繁栄が秘めていた魔力でもって、この国の闘おうとする者を含む全ての生活者を、包んだことも事実だ。

自分のその後の「AZ作戦」の駆け抜けるような行程も、逮捕や公判での半端な態度も、一切自分以外のものにその責任があるのではない。そして、結局はその後多くのものを棄てて来たことも明らかだ。

また美徳と思えた「度量」それ自身によってか、組織は敗走を重ねその内部から音を立てて崩れて行った。紙一重で誠実にも暴虐にもなる、人間集団に潜む力学を軽視する危うい楽観が、やがて奇異な合体を経て凄惨な結末を迎えたことは誰もが知るところだ。

繁栄が秘めていた魔力と、闘う者の集団に潜む力学。その両方に足元をすくわれ、自他の無力と傲慢を手ひどく思い知らされたのは自分だけではないだろう。

だがあの時、この組織の戦略戦術・理論や思想をトータルに支えている「根本精神」への信頼と、棄てるまいという想いが五重の塔へと向かわせたのだ。奇妙な感情だった。とても他人に説明出来るものではない。

棄てるまいという想いゆえに、「根本精神」への信頼を胸に「AZ作戦」に参加する？　何という心のカラクリだろう。

だが、いま隆士は思う。当時のその奇妙な感情がたとえ「闘い」を愚弄するものであろうとも、あるいは「何という個人的な感傷で動いていたのだ」「根本精神などという言葉が登場する程の精神主義だったのか」と罵られようと、そしてそれによって自分以外の関係者までがそのように辱められる根拠になろうとも、決して口に出して言いはしないが、その時はその想いこそが行動を支えたのだ。それが正直な当時の自分だと思う。

ミツのようにオロオロしながらジュンのように一人立とうとする者たち、その組立て方を掴めずうごめく者たち、彼らと自分自身への応援歌……それがその時の隆士にとっては、五重の塔下へ戻るということだったのだ。

充分に理解し納得していたはずの理論や戦略戦術も、自ら進んで参加した作戦も、行動に際してはその納得を支える心の核が必要だ。それは多くの場合「個人的で取るに足らぬこじつけと紙一重の感傷」や、「信頼という名の依りかかり」なのだ。自分がそうだった。今ではそれが分かる。だが語れば顰蹙を買い、当然言い訳だとの評価を受けよう。

増本が戻って来なかったのはどういうことなのか、K拘置所に居るときにはもう充分理解していた。

隆士は思う。自分は語られていた革命やプロレタリアートという言葉の意味を、努力して理解しようとしてはいた。だが、本来革命はそれを必要とする人々が、自らの生活と尊厳を守るためにこそ立つ結果であり、決してその守るべきものを破壊する為にあるのではない。また、プロレタリアートというものが、どのような形でこの国に生きているのか自分は理解していなかった。「労働者諸君」などという言葉を学生が発することの茶番を、誹謗中傷の為でなく自戒の為に理解する、そのことがそのときは出来なかった。

ジュンとミツを合わせてみても、決して地方から都会の四年制私大へ進む娘にはなり得ない。彼女らの状況は精神的の努力によってそれを可能にする水準ではなかった。そのことを知りながら強引に菜苗へと結び着けた自分の都合も、結局はその茶番と同様の発想だ。

おそらく「しゃべくりの水嶋」のようにいやそれ以上に、そうした発想に基づいて語られる「革命」と、革命されるべき社会や人々の生活との落差を見て来たはずの増本は、最後まで逡巡しそして引き返したのだろう。それが今は理解出来る。

総体としての社会の構造と生きてゆく人間の実像を、塔の下に居た何人が知っていただろう。闘うための人間集団内での権威や位階による威嚇を排し、絶対的正当性に対する崇拝に陥らぬ道を意識して探り、それとは違うスタイルを求め闘って来たはずの自分たち。その限界の中から新組織を形成し挑んだ、当時の自分を含む若者を揶揄する気はない。

だが水嶋が言ったように、この組織が採用した名称や形態に居ることの中におそらくは潜んでいただろう自己撞着に、自分たちのうちの一体何人が気付いていたろう。そしてその行く末を危惧していたろう。

大学闘争のある場面で「親の脛かじりが」と罵られたときの増本の激昂にはそれなりの根拠があり、それは引き返した根拠とも重なっているに違いない。だが増本……

増本、市長候補はお前だったのか?

あのフィルムに何が写っているのだ?

公平は死んでしまったじゃないか。

増本、増本! 答えて欲しい。

②

鹿が近寄って来た。来る途中で買って来たのだろう、菜苗が煎餅を与えた。集合写真の邪魔になりそうだと菜苗が袖口を引っ張り移動を促す。

谷口隆士はそんな仕草にドキッとした昔を思い出していた。

塔の真下の芝生に車座になったと思っていたのに、そこは砂利と土の地面だ。芝生は少し離れている。柵のところまで移動した。立入り禁止の札だけが立っている。柵はこんなところにあっただろうか？　塔と自分との位置関係の記憶はあやふやだった。

あの日自分たちを見下ろしていた五重の塔を見上げた。五重の塔は二十八年前の自分を憶えているだろうか……。

バスガイドがハンドマイクで修学旅行の一団に何やら解説している。その声にも内容にも何の関連もないのに、大言壮語や美辞麗句に彩られた水嶋のアジ演説を思い出した。強制や脅しではなく聞く者が自らを鼓舞したくなる、人の心を揺さぶる一種の芸だった。その水嶋に「しゃべりの水嶋」というあだ名をつけたのは増本だ。苦々しく思ってのことだったと聞いた。

「市長候補は増本さんだったのよ。今は岩田清明。S市で土木開発会社の二代目社長」

「君の指定がこの塔の下やからな……そうだと思った。そうだったんか……知らんかったな。あれ以来会ってない。けど、市長候補が増本だと知っても、僕には知らせて来んかったね。いつ分かった？」

それには答えず菜苗が言った。

「あなたが把握している北村芳樹、松本理事長の甥北村芳樹と増本さんの関係を教えて」

「うーん、敢えて言えば無関係や」

菜苗はそれはおかしいと言った。先日教授から聞いた話を一通り語り始めた。

六九年七月初旬。全学バリケードの直後、全共闘とバリ解除を目指す学生とのグランドでの激突があった。北村芳樹が鎖骨と右足を骨折し、まだ四十代半ば血気盛んな二代目理事長松本は激怒した。

すぐに機動隊を導入せよとわめき散らした。だが重傷は北村芳樹一人、側近の「ちょっとまずいのでは……?」という進言を渋々受け入れた。だが理事長は「こうなりゃ、し、し、私闘や」どうしても犯人を探し出せと、持てる情報網を駆使して犯人探しに乗り出す。その捜索は執拗を極め意の通ずる教授助教授講師は言うに及ばず、職員からクラブの部長学生に至るまで指令が飛ぶ。

やがて北村芳樹が「ボクをやったのは文学部の部隊だと思う」と言い、隆士・増本・水嶋らがそのリストに上がった。

だが、実際彼らの内部でも誰がしたことなのか、集団行動の中でのこと全く分からない。

七月中旬、理事長は文闘委が占拠する文学部学舎の準備室に直接電話を寄越し、こう提案した。十名の名を挙げ「甥に会ってもらいたい。その代わり事実が判明しても一切個人の責任は問わない。私は事実をはっきりさせたいだけだ、そうでないと甥の無念を晴らせない。提案が受容れられなければ、自分が押えている機動隊導入やその他の解決行動の保留は保証出来ない」ムチャクチャな提案だ。

七月下旬。深夜にやって来た増本や隆士ら数人は教授に理事長の実際の腹積もりを探りに来たのだった。教授とて理事長の錯乱激怒の程度を知るよしもない。またどちらかと言えば大学当局に快く思われているはずもなく、情報とは最も縁遠い存在。教授は僕に聞くのは人選間違いだと言った。

その夜、増本が、相手が私闘だと言うなら受けて立つ、こっちも私闘を繰り広げてやる、理事長の私邸を襲撃してやると言い出し、その発言があまりに真剣だったので、隆士らみんながなだめるように説得したという。

増本君が来たからと言って、甥殴打事件に直接関わっているかどうかは僕は知らない。ただ、事態の対策をどうするかについてリードしていたのだろうとは思う、教授はそう言った。

事件は結局八月に入り理事長が、リストアップされていた十名はもちろん、全共闘のメンバーの顔写真をどこからか集められるだけ集め、甥に見せたが「この中には居ない」とのことで迷宮入りとなった。フィルムにあの場面があろうとは隆士・増本でさえ知らぬことなんだろう、彼らが来た時も話にさえ出なかった。理事長が知っていれば彼とてフィルムを追ったろう。

子の無い理事長は甥を可愛がってはいたが、当の甥自身が理事長の常軌を逸した振る舞いに嫌気が差し、関係はやがて疎遠になっていったというのが後日談らしい。

全共闘の中でもこの件は迷宮入りだった。

もうひとつ後日談がある。増本＝岩田清明の後援会の会長こそは他ならぬ元理事長松本その人だという。菜苗は早口に語った。

「で、そこへあのテープよ。誰かが倒れていてそれを叩こうとしている増本さん、止めようとする公平が写ってるのよ」

「見ていないけど、その場面は知っている」

「倒れているのは甥なの？」

「そのはずやな」

「じゃあ決まりね」

「違うんやないか」

「私は増本さんの秘密を知っても絶対に他言しない。だから認めて。本当のことを言って。公平さんが、公平さんが死を前にしてあんなに求めていたフィルムを、お金で買って隠してたのよ。それも自分の選挙の為に、理事長が後援会の会長？　それが何だって言うの」

「どこから立候補しようが誰が後援会会長であろうが、それは人の勝手やろう」

「何を言ってるのよ、そんなことは言ってないわ。そんなことを糾弾する決めつけは私は元々持ってないわ、あなた方と違って……」

菜苗が言い過ぎたという顔をしている。あなた方という言い方を嫌っていた自分を、そういう決めつけからは遠い人物だとよく承知してくれていた……ああ、僕たちはいつもちぐはぐだったな。

「もし、もしあの場面をどうしても隠さなきゃならないんなら、そこだけカットして出してくれりゃいいじゃない」

「そりゃそうやな。けど、カットするにも、もう処分して無いんやないかな。有りゃきっとそうしたやろう」

「何か庇ってるのね、増本さんを……。昔の同士？　戦友？　そうだから？」

「理事長甥事件では俺たちも話しあった。もし甥を殴打したのが増本ならはっきりそう言うよ。けど、多分違うと思う」

「なら誰なの？　増本さんでしょ。言ってよ。公平は撮影に反対し、撮影に巻き込まれ、目の前の事態を静止しようとして写ってるわ。上映会に反対したのに呼び戻され、そして負傷したわ。死の床からフィルムを求め、そして果たせなかったのよ。フィルムは理事長甥負傷事件の当事者本人が隠し持っていた、それが真相でしょう」

　隆士は菜苗に、七二年東京で公平が語った「崖」断念のいきさつや闘争記録の撮影への考え方を話そうとした。東京で公平に会った、自主映画の小さなグループにいた。やっとそこまで話せた。

　撮影にも上映会にも、反対には違いないが中身は違うぞ。東京で会ったとき強がっていたが、思わず目の前の出来事に、手を出してしまう自分を知っていたはずだ。それも含めて撮影は嫌だったのだろう。そう言おうとしたが、話を進められなかった。

　フィクションで勝負しなければならないと、表現者を気取る者の悲哀か、精いっぱい無理していた公平にあの撮影は酷なことだった。

　だが、あの時止めに入ったのが公平だったとは……。公平は撮影に熱中しているものと思っていた。そうかあの場面でその気取りも崩れたのだろうか？　隆士は公平と自分を長く繋いでいたものに出会った気がした。

　隆士は菜苗の不機嫌を気にしながら、語り出せば堰を切ったように語ってしまいそうな自分を恐れていた。

周りの土産物屋が早々と屋台を片付け始める。ひんやりとして来た。駅近くの駐車場への道を歩こうとして無意識に表通りを避け、商店街に入った。先に見えるあの日の映画館は改装してまだそこにあった。無言で歩いた。

あの日この時刻、この商店街を歩いていたのだ、逆向きに。

あそこで映画を見て、五重の塔へ戻ったのだ。この人への想いを抱いて……。

「菜苗……」思わず声を掛けた。

「何？　言う気になってくれたの」菜苗の返事に吸い込まれそうになり、言い掛けたこととは違うことを言った。

「本当に増本やないと思うんや」

「じぁあ、あなたも聞いたというその場面を言って」

—あの場面は出来事の終わりの一部だ。激突と呼ばれるチャンバラがあり、一番苦戦していた文闘委がさらに押されたとき、あの甥と数人が突撃して来た。文闘委の数人が苦しまぎれに棒を振りかざしてとっさの反撃を試みて甥と鉢合わせ、一瞬のことだった。相手は皆走り去ったが甥だけは倒れていた。

甥は倒れながら誰かに悪態をついた。近寄っていった男は、何だともう一度、もう一度言ってみろと近寄りさらに一撃するふりをしたという。違う誰かが近寄りそれを静止した。それが公平だったんだな。その場面がフィルムにあるということも、止めようとしたのが公平だという事も、全く知らなかった。あの中でそれらを正確に見るのは不可能だ。自分はその場面よりさらに前方におり、戻って来る時その甥だろうか、脚を引きずる男とすれちがったような気もするが、記憶はあやふやだ。甥の負傷で理事長が常軌を逸した対応をし、僕らが話し合ったとき増本が甥の一言について激怒していた。そこで初めてもう一度言ってみろと近寄って行ったのは増本なんだと知った。甥が倒れたのは増本が近づく前のことだ。フィルムに写っていることと符合はする。—

「で増本さんへの甥のひと言ってなに？」

「親の脛かじりがと言われたらしい。やつとしてはひとこと言おうと近づいたんや。社会を四年も歩いて金を作り入学した増本としては言い分も有ったと思う」

「その話が本当なら、増本さんは何も隠すことはなかったのに」

「慌てたんだろう。慌ててフィルムを処分してしまい……」

「それはさっき聞いたわ。けど慌てて処分したのは選挙や元理事長絡みじゃないの。やっぱり許せない気がする」

「君から聞いた写り方なら誰も信じてはくれんやろ。おそらく誰もが増本が実行者だと思うよな。彼としては困るやろうな」

「ひどい。あなたはやっぱりどこかで増本さんを庇っている。それは何なの？」

隆士は思う。

あの日、五重の塔へ戻ったのが増本であり、戻らなかったのが自分であっても何の不思議もなかった。その後の人生はお互い大きく変わっていただろう。そう思うと増本を責める気持ちが萎えるのだ。

増本がかつて語っていた彼が大学へ来る前四年間辿った道が思い出される。当時は十分には理解できなかったが、転々とした職歴や労動組合での経験、組合幹部や某政党のこと、働く者の「共同」の組立ての困難、考えて見れば確かに彼は学生ではなかった。

何かが見えていたのだろう……しかもあの当時の行動に何かを期待し参加していたのだ。彼にとって最後の賭けだったのか。隆士には判らない。

理事長の甥の一言がなければ、増本が倒れている甥のところへ歩み寄ることはなかっただろう。増本は学生の特権で行動しているのではないと怒り、その気持ちは五重の塔へ戻らなかったことどこかつながっている。増本の選択に言うべき言葉を当時も今も自分は持っていない。

だが思う。せめて処分せずカットして公平に返してやってくれていれば……上映会を強行していなければ……増本への甥の一言がなければ……撮影そのものが中止されていれば……

もし、あの日五重の塔へ戻らず引返していたとしても、自分は今の増本のような社会的立場には決していなかったろう。もしフィルムを手にしており、そこに写っているのが自分だとしても必ずや公平に渡しただろう。増本を許せないと責めはしないが、自分なら決してそうはしないはず。そこを菜苗は言っているのだ。どうして素直にその通りだと言ってやれないのだろう。

もし水嶋が「売った」と白状した時、相手が増本だと明言していたら、自分は増本のところへ急行しフィルムを出せと迫っただろうか？　その自信はない。もちろん、増本が処分していればそれも意味がない。

あるいは水嶋がテープの存在をもっと早く言っていれば。だが、彼は公平の病状をまだ楽観視しており、容態を知ってすぐテープを送ろうとしたのだということだし……何もかも自分と菜苗と公平の関係のようにようにちぐはぐだ。

ひょっとしたら水嶋は、テープを出すことによって増本が実行者とされてしまう愚を回避しようとしたのか。

今では全てが死者の胸にしまわれている。


映画館の前にさしかかった。

「菜苗……」また声を掛けた。

「何？　増本さんを庇っている理由？」

「いや、その強くなったな」

「えーっ？　何言ってるのよ。当たり前でしょ。齢を考えてよ、結婚仕事出産離婚年齢……色々あるもんね」

「それと若いダンナ」隆士がおどけて言うと、やっと菜苗は笑った。

映画館を通り過ぎた。

映画館に目をやった間に菜苗が半歩前にいる。声をかけた。

「実は拘置所から君に手紙を出した。転居先不明で戻って来たよ」

「そうだったの？　知らなかったわ。いつ？　七〇年の一月以降だろうからもう居なかったよ、故郷に帰ったから……。受け取っていても行けたかどうか」

「そうか……」

「何て書いたの？」

「……」逢いたいと書いたのだとは言えなかった。

「うん。行けなかったかも……。ＡＺのことにしても、理事長の甥事件にしても、あなたは私に何一つ伝えなかったわ。だから私の何があなたと繋がっているのか掴めなかった。その責任は一〇〇％私にあるのだけど……周りの人や物事を受け止める誠実さも知識も無かった。思想とは縁の無いおバカさんよ」

「そんなことはないよ。みんな同じように身勝手やった。そして余裕もなかった」

「正直に言うわ。昔あなたにときめいたのよ、知ってる？」

「……」

「けど分からなかったのよ繋がりが……あなたと私の繋がり」

そうじゃない、そうじゃないんだよ菜苗。僕は……ああ本当だ、表現出来ていなかったんだな、何一つ……。

遠のいて行く映画館を振り返った。

東京で、あの日ここで見た映画の監督に会ったな。公平を訪ねた時、雑草映像舎というグループの青年たちとその監督の会話を横で聞いていた。

その夜、雑草映像舎の板張りの床に泊ったのだ。テレビのニュースが又してもあの重い出来事を伝えていたな。

五重の塔の前夜、宿舎の廊下で出会った女性、幹部の一人だと聞いたたおやかな微笑みを湛えた女性、彼女の死を含む極寒の山岳地での出来事……。七二年だった。

もし自分がその出来事に居合わせたとしても、他者を死に至らしめているか自らが死に至っているかのいずれかだ。決してその出来事の進行を停止させる有効な方法を示すことも、それを探そうという思考回路に進むことも出来なかったろう。「個人的で取るに足らぬこじつけと紙一重の感傷」や「信頼という名の依りかかり」の、それが辿りつける果てなのだ。


商店街が終わりかける。映画館はもう見えない。

あの日のあの映画がさっき通り過ぎたとき終わり、それを自分がいま見棄てて行くような気がした。

「七二年に東京で公平に会ったとさっき言うたよな。ひょっとしたらそこに……」

「言わないで！」

駐車場が見えた。互いに車で来たのだ、あそこでサヨナラだ。

「憶えてるか？　教授の家から早朝出て行くとき君が言った……」

「憶えてるわ」

「さっきまで居たあの五重の塔へ戻るとき」

「それも言わないで！　言っちゃダメだよ。それでも、あなたはその中であのＡＺをしたんだよ、それはもういいじゃない。人が理論だけで動くなんて私思ってないもん。その話は奥さんにしてあげて。私はあなたの奥さんじゃない」

「……」

「それに思うんだけど、教授宅から朝早く出て行ったあの日の私とあなたのやり取り、あれって両方ともダメだったね。自分の直面する課題が重くて自信もなくて、そこから女を引き離しておこうとする古い男と、当事者感のないまま男を媒介に世界に触れようとする無自覚で小ずるい女」

棄てるまいと思ったものに、いま棄てられそうになっている自分を感じた。

駐車場に入り、互いの車が隣同士だと分かった。人はすぐ隣にいてもその場所への出入りの時間の違いによって気付かずにいることもあるのだ。

じゃあ又とドアを開けようとキーを差したとき、菜苗の声がした。車ごしに話した。

「ねえ隆士」大きな声だった。

「ん？」

「五重の塔へ戻らなかったのは増本さんでしょ、それに甥を叩いたのはひょっとしてあなたなんじゃない？　これ私の遅咲きの直感……」

「当たっている」

「両方とも？」

「両方ともそうだとしても僕は一向にかまわんけど」車に入りかけて答えた。

菜苗は乗ってしまった車の窓から首を出して言った。

「隆士！　やっとあなたらしい返事だね」

「そうかな……」

「増本さんにもう一度会って事件の真実と彼の理由を聞くわ。そうするしかないようね」

先に菜苗の車が出ていった。

発車しようとしたが、目がかすんでいる。

しばらく車の中に居た。自分が生きて来た二十八年のように、いや必ずそれ以上に生きたろう菜苗の二十八年が、もしジュンとミツが力を合わせ成し遂げたものなら……そんなことを考えた。

菜苗の部屋での一夜を思い出していた。体に手を延ばすと怯えるように硬直し、表情だけは何食わぬふりをしていた。

ＡＺの先行きに恐怖していたのは事実だ。その恐怖が菜苗のある無垢な部分と重なりひるんだのだ。

公平のことは無関係だったと断言は出来ないが、背中を見送った時の奇妙な感情、嫉妬や疑いではなく、そう同化……公平の気持ちが乗り移ったような奇妙な感情が、その夜の自分だった。

菜苗は何も言わず、自分も何も問わなかった。

数日後予定通り「ＡＺ作戦」に出発した。

夏の終わりだった。

公平は映画にたずさわりたかったのであり、自分は「ＡＺ作戦」を為すべきことと考えたはずなのだ。あの夏の終わり、三人の結末を迎えるまでの数か月、もし菜苗が公平と自分の間で揺れ動いていたとしても、自分に公平へのある愛着がなければ、きっと自分はさっさと消えていただろう。

菜苗もそうかも知れないが、自分もまた二人を失いたくなかったのだ。まことに奇妙な関係だった。

菜苗の当時の良く言えば無垢な、客観的に言えば愚かで残酷な少女の振る舞いが、あの日自分がデッチ上げ棄てるまいとした虚像と、重なっていることを願った。

菜苗は「思想とは縁の無いおバカさん」とか「繋がりが判らなかった」と言った。そうじゃないよ菜苗……

自分は正しいのだと強弁し続けること、疑義を押し殺し教義は正しいと主宰者に媚びること、それが思想なのではない。他者の間違いを暴きたてること、己が間違いをただ懺悔すること、それも思想ではない。

正しいとされることに、どんな欠陥や不備がありどのような落とし穴があるのか、間違っているとされることに人の世の人の心のどんな光や輝きのカケラがあるのか……それを拾い集め、どうしてなのか何故なのかを問い明らかにしようとする営み、それが思想だ。そうであるはずだ。

人が感じ怒り思索して臨むことに、正しいことと間違っていることだけが在るのではないのだから……。

そうした考えや構えこそ、あの「根本精神」の一部に本来備わっていたはずだと思いたい。ならばお前は、思想と呼び得るもののその衣の裾に触れる機会を得たのに、今日菜苗に逢うまで一体何をして来たと言うのだ。

これだけははっきり言える。自分はあの作戦にはもちろん菜苗にも敗れたのだ。今日そのことが明らかになった。

隆士は車を出し、駅前の広い道路をまっすぐ西へ走った。秋の早い夕陽がまぶしかった。

隆士は考えた。市長候補が増本であると知っても、テープで問題の場面を発見しても、理事長甥事件を知っても連絡して来ず、教授から自分の名が出てやっと連絡して来た、その彼女の気持ちを……。

そして理解した。かつて自分が棄てるまいと思ったものに、棄てられそうになっているのではない。彼女はかつて手にすることの出来なかったものをいま我が手で掴もうとしているのだ、と……。

菜苗　強くなったな。

十二、包

①

奈良へ行った数日後、菜苗は増本からの電話を受けた。

増本は、近々会おう全てを話す連絡するからと言った。

増本の選挙や対理事長関係の理由を納得することは出来ないが、冷静に考えてみると、あのフィルムに執着する方が特殊ではある。

公平の執着が乗り移ったのか「あんな大切のなものを……」という気持ちでこの四か月間、フィルムを追っていた。

映研も全共闘も二十五年目に何ら動かなかったのだし、増本がこだわったのはフィルムの全部ではなく、その一部それもあの場面だけだ。金銭のやり取りと増本が処分したらしいことを除けば、水嶋が二十五年目を見届けたのち増本に渡したのだということもそれまでのフィルムの変遷を考えれば止むを得まい。

誰も動かなかったのは、過去の苦く粗末な時間とひと度は己が取り込まれた正し過ぎる正義に会いたくはないからだろうか。やがて崇拝へと至るかそれを回避するかの違いはあれ、その時間こそがある在り方を育んだのだと、誰もそう思っているのか……。

きっと、その時間を等身大に見届けることが出来ないのだ。それは本来何かを批判してこと足ることではなく、己自身に出会うことなのだから……。


社長の話では例の本契約はうまく行ったらしい。さすがに増本もみっともないことはしなかったようだ。社長に感謝され奇妙な気分だった。

催促するのも変だしと考え時間が過ぎた。

例年通りの遅いボーナスがきょう支給された。いつもより不自然に多く憂鬱だった。額面を見た研一が「おいおい菜苗さんそれはないよ。これで増本氏とのご対面、なしにするんじゃないだろうな」と言った。

水嶋の死、公平の死、それらから時間を置き、高揚した私の気分が冷めるのを待っているのだろうか。そうだとしたら、その発想が政治家なのではあるまいか? 高揚なんかじゃないのに……菜苗はそう思った。あるいは対処方法を考えあぐねているのだろうか?

それとも映研には渡らなかったことや、やがて公平の同居人に渡ることを知って、それまでの間引き続き私が持つならあの場面が外部に出されやしまい、後援会会長に情報が達することはあるまいと安心しているのか。

昨日届いた二通の挨拶状を、研一と交互に手に取り眺めながらお茶を飲んでいた。

ひとつは葉書で吉田からだ。

吉田が二十五年間勤務した会社を退職し、ある団体に転職するという。南アジアのある国に丁度二十五年前から各種の支援・援助をして来た団体だ。そこの事務局長だという。不慣れなことのはずだし、知識や実践経験も無いだろう。

吉田の退職と転進を特別立派だと思ったのではない。人事抗争の果ての選択かも知れないし、大変なミスをしでかしたのかも知れない。引き際を考えたのかも知れないし、ずっと温め続けて来た末の決断かも知れない。それは分からない。

菜苗が何度もその葉書を手に取ったのは、その国に聞き覚えがあったからだ。

二か月前、吉田の後輩井上を訪ねたとき、井上はその国への出張から帰ってきた直後だった。気になったのはその対照だ。

ホワイトカラーは言うかも知れない。「会社で何か失敗したんだろう」と。

あるいは左翼や労働組合の人が言うかもしれない。「この国のことに何も関わらず、何が海外支援だ」と。

吉田は二十五年間「まじめに」勤め上げ、今転進したのだ。おそらくその年収は三分の一以下になるのではあるまいか。

菜苗は、エレベーターの前で「フィルムを田所君に届けてやれよ」と言った吉田とその転進とを重ねて受け止めたかった。

もうひとつは秀美からだ。こちらは写真入りの封書だ。先週から仕事に復帰している。飲酒運転の水嶋さんに毎夜送らせていた自分に大いに責任がある……悔いが綴ってあった。申し訳ないと書かれている。

病院での研一の誠意には心から感謝している、研一の新しい生活が充実していることがひしひしと伝わって来た、お互い頑張ろうと思った。そんなことも書かれている。

美和と二人で写った写真が同封してあり、五日前美和の四歳の誕生日だったと記されていた。

その文面は秀美が弱みを見せまいとする精いっぱいの強がりだとしても、あるいは山ほどあろうドロドロとした恨みを隠したものだとしても、彼女の明日を生きて行く宣言であることに違いはない。それを受け止めずして研一と暮らすことは出来ないのだ。菜苗はそう思う。

病院に居た間に、放置されていた事後処理がなされたことも知った。離婚手続。

「研ちゃん、あなたが持っとくべきだね」と写真と封書を渡した。

研一が受け取って言った。

「以前子供はいないと言ったよな……。美和は……」

「そう思ってたよ」

「妊娠してたのは知らなかった」

「行き違うときはそういうもんだって、私にも分るよ」

「菜苗さん、あんたのフィルム探し、最初はやれやれ変なことに首つっこんだな……と思ったんだ。けど病院で秀美や秀美の親それに美和にも会って……あの当時のことを色々考えた。自分もフィルム探しみたいなことしている気がして来て……」

「研ちゃん、分かるよ」

「……」

研一が隣の部屋へ逃げようとした。

電話が鳴り、研一が取ることになった。研一が受話器を押え「ドウスル？　マスモトシ」と無音で言った。

増本だ。やっと連絡して来た、この年の瀬に……。

「会社がいろいろあってね、中々日程が取れなかった。年末のあわただしい時に悪いが、三〇日火曜日午前一一時、会社ではなく個人事務所に来てくれ。出来れば例のテープを持参して欲しい」という。先日テープはもういいと言ったではないか。申し出は信用出来るのだろうか。

三〇日はきょうから丁度一週間後だ。

三日後百合子から丁寧な礼状とともに、思わぬものが送られて来た。「裏にあなたの名が書いてあり、その筆跡がいかにも女の子のもので、どうやらあなたご自身のものだと思いお届けしました」

あのシナリオだ。二十八年ぶりの再会だった。梶村菜苗と名が記されていた。

そうだ思い出した。土砂採取の崖の前で、女子高生が「よろしかったらシナリオいただけないでしょうか」と言い、公平が自分のものをいとも簡単に「どうぞ」とスッと差し出したのだ。私は気になつて、帰りのバスの中で「ハイ、これ」と言って、その日自分が持っていたものを公平に渡したのだ。役割から予備のシナリオをまだ数部持っていたから。

送られて来たシナリオのページをくった。各ページに公平が書き付けた覚書がある。あか茶けた紙と当時の色あせたペン文字に混じってひとつ比較的新しいものがある。

女流歌人の歌だ。

遠い春　湖《うみ》に沈みしみづからに　祭りの笛を吹いて逢ひにゆく　　斎藤　史
何度も読み、じっと見ていた。

不思議な感情にゆっくりと押し上げられるような気がした。


翌日隆士に増本がとうとう全てを話すと言うので会いにゆくと伝えた。そしてシナリオとの再会を伝えた。

「奈良へ行った直後増本から電話があった。彼と話すのはあの塔以来や……。二・三日前もう一度電話があった。増本がテープを奪うようなことは絶対ない。俺が保証するよ」と隆士は言ったが、不安だった。

②

先日とは逆の北側に下車し、駅前広場を横切り商店街の入り口を越えてすぐを東へ折れると、五軒目に事務所があった。公職選挙法とやらの都合なのか、「S市総合政経懇話会」という札だけが掛かっている。岩田開発興業の旧社屋だ。

こちら北側が旧市街らしく、さっき入り口から見えた商店街はどの店も一時代前の造りだ。舗装のひび割れや街灯柱の塗装のはがれと錆がそれを物語っている。

旧市街に事務所を設けたのは増本の計算なのか、それとも偶然なのか。アルミ枠のガラスドアを開けると、二十畳ほどのホールは正月装飾の仕上げ中だった。

女子事務員が拭き掃除の手を休め「どちら様？」と言った。それと同時に奥から秘書らしき若い男が現れ「梶村さんですね？」と言う。名前まで伝えてあることに驚いた。

案内された部屋に入り勧められるままにソファに腰かけた。さらに奥の部屋から電話中の増本の声がしている。秘書が出て行った。

ここが応接室、奥が事務所らしい。

増本はすぐ電話を終え入って来た。

「色々迷惑をかけましたね」

「いえ……。私も何か闇の力、巨大な圧力を妄想し緊張し過ぎたと思います。うちの会社に何やら餌を与えるようなことなさったと思ったんだもの。よく考えればあのフィルムが公になり、しかもあの場面が人の目に止まるなんてこと考えられないのだけど……」

「水嶋にあのフィルムが担保だと言われ五百万貸し、そしてあの場面を見て、貸した金額の価値があるのだというところへ追い込まれました。手にした物に値段に見合う価値を自分で付ける、購買者の浅はかな心理だろうね。もちろん、あの場面を理事長に見せれば私は本当に困ったのですがね……」

「増本さん。その困るということを、私は決して認めていませんよ。困ったっていいじゃないですか。あなたじゃないんだから、本当のことを言い、分かってもらう。いえ、もし実行者があなただとしても、あの時代のあなたが関わったこと……隠すことはないと思いますが……」

増本は先日のようにタバコを、きょうは断ることなく吸った。

深く吸って、長く吐き、再び語りだした。

「梶村さんあのテープについて、お話したいことがありまして、きょうお呼び立てしました。随分迷いました。お話しすべきかどうか……」

「どういうことでしょう?」

「話だけではと思い、テープをご持参願ったのです。持って来られました?」

「まだ、答えたくありません」

「私がテープを奪うと思ってるんですね？　そんなことはしません。やる気なら他の方法でもっと前に出来た」

「他の方法？　何やらあなたの隠れた本性を見るようでいやだな」

「いや冗談、冗談。テープを見ませんか？　もう一か所見ていただきたいところがある」

「どういう場面でしょう？」

「同じ場面をどこか高いところから撮ったものです」

「同じ場面？」

「同じ場面だということは、あの場にいた者が見れば必ず分かる。いなかった者でも、違うアングルを交互に何回か見れば分かる」

「それが何か？」

「先日、私はあなたと電話で話しました」

「ええ。フィルムはまだ見つからない。そしてテープはもう求めないと……。隆士さんにも断言されたと聞きました」

「二十八年ぶりに谷口の声を聞いたよ。その後、彼ともう一度電話で話した。きょうお話しすることの是非を彼には相談しました」

「彼、何て言いました？」

「言ってやってもいいんじゃないか。菜苗は理解するだろう、菜苗がそれを知らないのは公平の本意じゃない、と」

意外な名が出た。

「公平？　何のことそれ」

パトカーのサイレンが近づいて来る。

秘書が青ざめた表情で切り裂かれたズボンを押え、女子事務員が応急消毒をし、タオルで脚のつけ根を縛っている。増本が秘書に何度目かの確認をした。

「いいね。事故だぞ！　私のテープをこの人が奪おうとしていると君は勘違いした。でテープを掴み取ろうとした。この人がそうじゃないと取り戻そうとする。テープの争奪戦。君があんまり強く掴みかけるので、この人が倒れかかって机の上がよく見えぬまま、手にしたものを思わず振った。それがカッターだった。君の脚が切り裂かれていた。いいね！」

秘書は頷き、菜苗は何度も秘書に詫びた。

菜苗の側が増本にテープを奪われると勘違いしたのだということを除けば、増本の話の通りのことが起った。

増本は事務員に「一一〇番しなくてもよかったんだよ！　必要なら私が指示するじゃないか。」とさっき言ったことを繰り返した。そして、菜苗に「『テープを見せろよ』『いやよ』と昔の友達同士でじゃれあっていたんだぞ。それを秘書が勘違いした、君が私のテープを奪おうとしていると……いいね」と念を押した。

パトカーから三人の警官が降り立ったが、増本の思惑通りにはことは進まなかった。

来春の選挙の動向を取材していた地元新聞の記者が、殆ど同時にやって来たのだ。容疑者と被害者の撮影はさすがに警察と増本によって阻止されたが、最早うちうちでことを済ますことは出来なかった。

容疑者はパトカーへ、被害者は病院へ向かった。

生まれて初めて容疑者として乗るパトカーの後部座席から、事務所を振り返った。事務所を覗き込むように近隣の人々が集まっている。

増本が頭を下げる警官に「いやいや、お勤めご苦労様」といった態度でもう一台の車に乗ろうとしている。事情聴取だろう、それはパトカーではなく、警察の乗用車のようだった。黒塗だった。

さっき「公平？　何のことそれ」と言ったとき増本は一瞬沈黙し、こう言った。

—二十八年前に誰にも言わなかった。隆士にも言ってない。あの時それを言えば理事長に実行者を知らせることになった。田所や映研は写真リストに載らなかった。私は迷宮入りが当然あるべき姿だと判断した。—

「えっ？　公平なの、甥を叩いたのは……」

増本は続けた。

あの場面には、私が甥に近づく前段がある。押されている文闘委、押している甥たち。映研の三人が目の前の事態にスタンバイする。私たちが苦しまぎれの反撃をする前だ。

後退りする文闘委を攻めつつ、横の映研を一瞥し甥たちがからかいながら言った。

「全共闘の回し者が……」

「全共闘の腰巾着！」

あの甥が一番発言していたと思う。

やがて、押されていた文闘委が声を上げ反撃し始めた。ふと横を見ると、田所が棒を手に突っ込んで行く。あの混乱の中で、田所だと気付いたのは多分、映研時代の付き合いのある私だけだと思う。甥の肩に棒が食い込んだ。その鈍い音を憶えている。

甥たちのグループが走り去って行き、倒れた甥が言った。「親の脛かじりが。親の金で革命ごっこか……」

私は私の学生生活を誹謗された怒りから、近寄って行き、さらに一撃する振りをした。本当はもう一撃食らわせてやりたかったが……。私は一撃する振りをしたのであり、田所は本当に甥を狙ったのだろう。

そのあとは君が見つけた場面の通りだ。田所が止めようと近づいて来た。

あなたに言おうとして気がついた。私の怒り、私が大学へ行く前の四年間と大学での時間の中で抱いていた、屈折した憎しみと幼く高慢な心情。大学を破壊してやろう学生どもの未来をつぶしてやろうという心情より、田所のその一瞬の憤激の方が本質的なものだったに違いないと……。

田所はコゲ茶色の半袖シャツの上に、薄茶色のベストを着ていた。あなたが発見した場面を見ればそれが分かるはずだ。その服装は唯一人だ。別のアングルの遠望の画面を見れば、今私が言ったことがはっきりする。

あなたこそは田所の真相を受け止める人だ、先日谷口との電話でそう思った。また、ひょっとしたら田所はあなたがそこへ辿りつくことを願って、フィルム探しを依頼したのではないか……。


予期せぬ情報へのとまどいが、頭の中でクラクラ駆け巡った。何も整理がつかず放心状態で増本のタバコの煙を追っていた。

先日来こう納得していたのだ。二十五年目を過ぎ誰もフィルムのことは忘れていた、誰にとってもどうでもいいことだった。また増本が処分したのは公平の入院以前だ。公平の願いを知っておればこの男も違った態度で臨んだかもしれない、と。

気が付くとバッグからテープを出し、増本に渡そうとしていた。

増本がテープを受け取ろうとしたその時、菜苗の中に、増本が巧みなつくり話でテープを奪うのだという疑念と、激しい怒りが込み上げた。納得は全て吹き飛んでいた。

公平のテープだぞ渡すものかお前はそのフィルムを処分したじゃないか、公平はフィルムに再会せず死んだんだぞ。

「やめて！」響き渡る大きな声だった。

秘書が駆け込んできたとき、テープの包を引っ張り合っていた。増本は手を離したが、今度は唯ならぬ事態に驚いた秘書が、包を奪おうとする。増本の静止する声、菜苗の悲鳴、秘書の罵声が飛び交った。

増本がさっきの出来事の直後、秘書と菜苗に何度も説明していた通りのことが起こっていた。秘書が悲鳴を上げ、菜苗は事態に怯えその場にうずくまった。

増本が言った。

「テープを奪われると思ったのか？　そんなことしやしないよ」そう言って、床に落ちたテープの包を菜苗の腕に押し込んだ。

一一〇番してしまったことを女事務員が告げると、増本は「必要なら私が指示するだろうが！」と怒り溜息をついた。

床に散った鮮血を見ると、フラフラして立ち上がれなかった。全てが夢のようだ。

だが菜苗は、はっきりと覚えている。強い力で包を引っ張り私を押さえつけた秘書の圧力、左手に包をしっかり抱え、右手に机の上の手に触れるものを持ちそれを振ろうとしたその瞬間の私を……。

菜苗はその時、衝突現場で棒を振りかざし突撃する公平だった。そして、上映会でリールを抱きかかえる公平だった。

確かにその瞬間、撮影をからかう者への怒りが臓から込み上げ、床に打ちのめされたときの痛みが全身に走ったのだ。

そして理解した。撮影の一切から身を引いた公平の気持ちを……。

事情聴取があり増本が言った筋書通りに語った。秘書も増本も同じことを言うだろう。処分を決するまで居ていただくとのことで、生まれて初めて警察署に一泊した。

翌朝、昔誰かが拘置所よりはましだと言っていた朝食を食べ終えると、署長が直々に面談に来て「岩田さんは元全共闘ですか?」と聞く。だと思いますと答えると、笑って「そうですか。時代は変わりましたな」と言った。

変わらないものもあるのだと言おうとしたが、何が変わらないものか説明出来ないのなら、黙るしかない。

部屋の窓からN富士がビルにさえぎられて半分だけ見える。

「署長さん、あの山N富士ですよね」

「そうですが……何か?」

「確かあの東隣に低い山があって……崖みたいな……」

「うん、ありましたな。ゴンベ山って言うんですよ……」

「ありましたって?」

「ぜんぶ削り取られたんですよ。土砂採取。K大の新キャンパスの造成に使ったはずです。あそこの下に眠ってますよ」

「違法だったんじゃ?」

「ハッハ、まあ力関係かな……。この窓からは見えませんが、駐車場からよく見えますよ」

「そうですか……」

起訴猶予か不起訴かで多少論議になった。が、傷害致傷といっても被害者も事故と主張し、あれほどの血のわりには七針で治まる傷、結局事故扱い。不起訴になったという。被害者の方や昔の友達、岩田先生や弁護士さんによく御礼を言いなさいよ、と言われた。


一九九七年一二月三一日午前一一時一〇分、S署の正面玄関を出た。包をしっかり抱えて……。隆士、久仁子が立っている。そのうしろに心配そうにたたずむ研一が居る。

増本は会社の重大事とのことで来ていなかった。急遽新旧の社屋の古くからの書類を整理する必要に迫られ、昨夜増本はその作業中にあのフィルムを見つけたという。旧事務所の木製棚の底、書類の山の一番下からそれは出て来たらしい。隆士がそう言った。

「ほんと……。増本さん処分してなかったんだ……」

「雨漏りに遭ったのか、くっついてほとんどパアらしい。水嶋がテープ化したのは、たまたま正解やったというわけや」

「ふーん……」

ある虚脱感の中で、呆然とその情報を聞いていた。

久仁子が黙ってうなずき握手してきた。

隆士が「増本の話はどうやら本当みたいやな。どう？　公平に会うた？」と言う。「うん」と言ったとたん溢れそうになった涙を、必死にこらえた。

「隆士、こないだ五重の塔であんたに……あんたにも会えたよ」

あの時代のお前たちに会ったんだぞとは言えず、鼻声でとぎれとぎれに言ったそれが精いっぱいだった。隆士に聞こえたろうか。

もう何も言えなかった。

隆士が「取敢えず帰りなさいよ」と言い、久仁子が「そうそう話は来年よ」と言った。二人と別れ研一に抱えられ、駐車場へ歩いた。

開けた駐車場の裏正面からN富士がぜんぶ見える。確かにその東隣の低い山は崖もろとも跡形もなく失せていた。

N富士が子を失った母親に見える。

今K大で若者に踏まれているはずの崖を思った。

研一の車の後部座席に乗った。

研一が言う、「菜苗さん、理君が来てる。家で待ってるよ」

理の名が出た途端、こらえていたものが激しく溢れ出た。

走る車の中、理の高校最後の雨の中のゲームのことを考えていた。

エピローグ

湖畔に立つ路面駅に寒風が吹く。電車を待つ客は風を避け階段室に身を隠している。ホームに居るのは菜苗一人だ。

隆士はやはり予想通り現れなかった。

私学を皮切りにいよいよ受験シーズンがスタートし、時間もないのだろう。菜苗とて今日は一人がいいのだが……。

正月、テープを見て増本の話は多分事実なのだと思った。音声の無いビデオテープから理事長の甥たちが罵る声が聞こえたようにも思った。

怒りと敵意の混乱の中で、懸命に撮ることの自律を確保しようとした人々の気概も伝わって来た。

だが、甥を叩いたのが公平かどうか、もうそのことにほとんどこだわっていない自分を感じた。

テープのその場面の前後のこと、上映会の日のこと、警察に一泊することとなった事件……それらをどこか冷静に考えている自分を感じていた。もう一度見て、自分が一番心を動かされる別のものに出会ったから……。

去年何度も見たときは、いつも「一九六九年九月二九日、撮影はこの日をもって一時中断する」という文字で終わり、画面が無録画特有の状態になり巻き戻していた。問題のシーンの秘密を探ることに必死で、一刻も早くテープの頭に戻ろうとしたのだ。

その日、増本が言った事実を思い起こし、テープの進むに任せぼんやりしていた。公平の気持ちを考えていた。

また「一時中断する」との文字が出る。二十秒ほどだろうか……無録画状態が続く……。

巻き戻そうとビデオデッキに手を伸ばした時だった。テープはまた画面を見せ始めた。

エッ！　何だ、これは！……

ホームにもう三十分近く立っている。菜苗はあと一列車だけ待つことにはしたが、隆士は来ないと確信していた。

水嶋が市長候補に売ったと言ったとき、隆士は「ここからは一人でやってみるか……」と言った。その時、隆士が市長候補その人とその秘密を知っているのだと思った。

そこから秘書を負傷させるまでの行程。それは菜苗にとって「あの時代」にかかわることとしては初めて、「私」の決断で「私」によって行なったことだったと思う。

自分の予想や思い込みはいくつも事実と大いに違っていたが、今は納得出来る。

二人が亡くなり、一人が転進し二つの会社が倒産した。

水嶋が掛けていた事業主保険は、全て社員の労務債権と会社の借財の弁済に当てられたが、仲間的社員らの特別の計いでいくらか遺族に回ったと聞いた。

大金持ちと思えた増本＝岩田清明の岩田開発興業は年明け早々一月五日、自己破産した。負債総額は六十九億円、菜苗にとっては天文学的数字だ。

正月の新聞に出ていた。

上の会社のバブル期のゴルフ場開発やニュータウン開発の失敗、基礎体力を無視しバブル崩壊後もそれに付いて行かざるを得なかった脆弱な下請け体質が原因だと書かれていた。

この国の、この時代の中で人は生きているのだ。

電車が入ってきた。乗客たちが階段室からホームにやって来る。ドアが開いて数人の客がコートの襟を立てて降りてきた。

小柄な老人がいる。度の強い眼鏡をかけ、ホームを見渡している。供花を手にしている。菜苗と視線があった。

「先生！」

「おうおう、菜苗君。……僕が来ました」

「どうしてまた？」

大山教授はそれには答えず、ウンウンとうなずいている。

ドアが閉まりかけた。菜苗は教授に手をやり、抱えるように車内に連れた。

湖畔を走る小さな電車。本線とは違って小刻みに軽い音を立てて走る。

窓から見える冬の湖面は鉛色で、そして無言だ。

「先生がお来しになったんですね」

「きょう、ビデオテープを公平君のお墓に持って行くんだね?」

ああ、やはり隆士が伝えたんだ。私のハプニング逮捕劇が間に挟まったけど隆士は今日をはっきり覚えていたんだ。今日のことを知っているのは久仁子と隆士。けど、久仁子は行けないと言ったし教授に連絡しやしまい。


終着のひとつ手前の駅、山と湖に挟まれたほんの数百メートル幅の地域に、小さな集落と駅がある。

降りたのは菜苗たち二人だけだった。

踏切を渡り、車道を越えるとすぐ前に狭い駐車場がある。その先の、墓地へ続く坂の入り口へ向かった。


坂が続く。教授の息使いが気になり振り向くと、もう公平が育ったというひと駅向こうの街までが見える。そのうしろに、この国でいちばん大きな湖が控えていた。昔、公平は毎日この湖を見て育ったんだ。

菜苗は、百合子から聞いた公平の大学入学以前や役所勤務の姿を想った。自分が知っている大学での公平、隆士や久仁子から聞いた場面の公平を想った。

だが、土手を行く背中が、菜苗にとって公平の全てだった。


少し平たく開けたところにある小屋で水を汲んだ。

教授がバケツに落ちる水の音を聞いて言った。

「大丈夫ですか菜苗君。重いですよ」

「へっちゃらですよ」

そのバケツを持って、田所家の墓を探しさらに登った。

平気だと言ったものの、登るにつれ少々こたえる。

墓を探し当て、教授が用意した供花をささげた。

菜苗が火をつけた線香を二人であげた。

「先生。テープは公平さんの奥さんに、あす届けるんです」

「ほう。それがいいですな」

「奥さんに報告します。テープの一部をダビングさせてもらいましたと」

「例のシーンかね？」

「いえ違います。あのシーンは関係者と公平さんのものかな……」

「何だね。何か別の君のシーンがあるのかね？」

「いえちょっと……」

画面は「一時中断する」のあと無録画のようにまっ暗になり約二十秒後再び始まる。

グラグラ揺れる映像は、K大の裏山からキャンパスを写している。

次に逆のアングルでその裏山を撮っている。

あの崖だ。K大裏の……

いろんな角度で崖を撮っている。

私が撮ったフィルムだ。間違いない。

あの日確かに、最初キャップをはずし忘れたまま回していたんだ。

崖が撮り方によって、どれだけ危険に見せられるのか……感覚が掴めず閉口したな……。

映研があの年のもの全てを一緒にプリントしたのだろう。最初にK大キャンパスが写っていて関連フィルムだと早合点したのだろうか……。

画面はN町、現S市へロケハンに出かけた日の風景へと続く。

田畑、山々、民家から立ち上る煙……。畦道、N富士、崖。

六八年晩秋だ。

誰が撮ったのだろう。あのゴンベ山の下で何やら雑談している風の公平が写っている。すみにほんの数秒私が写っていた。

やがて、画面は翌六九年少年の春休みに撮ったという「シーン八・田畑で遊ぶ子ら」のいくつかのカットへと移って行く。初めて見る場面だった。いずれも本番前の最終リハを撮ったものだろう。本番は16ミリだ。

これこそが「幻のフィルム」ではないのか？

ぼやけた画面と鮮やかな記憶をじっと見ていた。

公平が求めたものはあの記録フィルムなのか、それとも「崖」のロケハン風景や春休みに撮った最終リハの「シーン八」なのか……

水嶋が預かっていたフィルムにそれらが含まれていようとは公平は知らなかったはずだ……

真相がどうであれ、自分に宛てられたメッセージのような気がした。

自分が撮ったK大裏の崖に会った。初めて見るシーン八にも会った。あの少年、彼との約三十年ぶりの再会。田畑でガキ大将を精いっぱい演じる少年を見ながら、自分もまた何かを演じていたに違いないその日々を想った。

メッセージの発信人は公平でも隆士でもない、それは映研とK大を中退した梶村菜苗じゃあないのか？　そんな気分に襲われた。


昔、両方と寝た女だと噂されたと聞いた。両方とは「ときめき」と「あこがれ」と私が名付けた原作者と脚色者だ。もしその作品を私が映像にするとしたら、その作業はある意味で二人とそれも一緒に寝ることか……。

何なら今から、あの日々の彼らと三人で寝たっていいんだ。

そう感じた時、これから自分がすることは水嶋が二度三度したことのその四度目なのかもしれない、そんな気がした。

そして思い出した、学生アパートの裏庭であのシナリオまで燃やしてしまった時、つい残した二人に宛てた手紙のことを……。

棄てようか燃やそうかと考えること自体が恥ずかしく、何処にしまったかな……と忘れたことにして来た。そんなことはない、押し入れの黒い箱の中に在るのだ。

今思う、あれはあれで残しておこう。

水をかけた時のジュンという音がよみがえる。

二十八年前一九七〇年、やはり一月だったな……

しばらく無言で坂を降りた。小屋のところまで来て、休みましょうかと声をかけようとすると教授が言った。

「何かに出会えたかね？」

「どうでしょう……。先生、職場と同居人と息子から許可をもらえたら、二年ほど休職しようかなと思ってます」

「そうかね。いろいろあったからね」

「ええ……。でも休職はそんなんじゃないんです。わずかの貯えも全部使っちゃいそうですし」

「ほう、何だね。二年かけて何かをするのかね」

「さあ、どうなるやら……。その頃には私五十なんですね」

吹き下ろす寒風が、左右で枯葉を舞上げている。
平らかな湖が一歩下りるたびに近づき、そして大きくなってゆく。
数艇のヨットが、荒波だろう湖面を蹴って行った。
その湖の底から何か聞こえたような気がした。

著者プロフィール

橋本　康介（はしもと　こうすけ）

1947年　兵庫県生まれ。
1970年　関西大学社会学部中退
1977年　労働争議の末、勤務会社倒産。
　　　　五年間社屋バリケード占拠の中､仲間と自主管理企業設立。
1998年　20年と8ヶ月の経営を経て、同企業及び個人自己破産。

カバー画・題字

志摩　欣哉（しま　きんや）

1943年大阪に生まれる。72年詩集『恋歌隷』出版。81年パリに遊学、パリの街を描いた油彩画で初の個展。96年リトルガリバー社より詩画集『恋文･いろは唄』出版。その間美術評論･エッセイ･詩を各誌に発表。宮沢賢治の詩･童話や昔話を素材に弾き語りイベントの活動を継続。一方、関西各府県の百貨店･図書館･小学校･ギャラリーでの個展･イベント･グループ展多数。CS京都チャンネル「お能に行こう！」12回シリーズのレポーターとしても活動中。

茨木市在住。画家＆詩人＆朗読師。

詩誌『火の鳥』編集同人。でくの工房主宰。『詩のつばさ』の会会員。

祭りの笛

2002年1月15日　初版第1刷発行
2002年3月15日　初版第2刷発行

著　者　橋本　康介
発行者　瓜谷　綱延
発行所　株式会社 文芸社
　　　　〒160-0022　東京都新宿区新宿1-10-1
　　　　　　　　　　電話　03-5369-3060（編集）
　　　　　　　　　　　　　03-5369-2299（販売）
　　　　　　　　　　振替　00190-8-728265

印刷所　株式会社　フクイン

ISBN4-8355-2878-6 C0093